ESSAI

SUR

L'ORIGINE DES ÉCRITURES INDIENNES

ET

NOTE SUR L'ORIGINE DE L'ÉCRITURE PERSE,

PAR

J. HALÉVY.

EXTRAIT DU JOURNAL ASIATIQUE

PARIS.

IMPRIMERIE NATIONALE.

M DCCC LXXXVI.

ESSAI

sur

L'ORIGINE DES ÉCRITURES INDIENNES

ET

NOTE SUR L'ORIGINE DE L'ÉCRITURE PERSE.

PARIS.

MAISONNEUVE FRÈRES ET CH. LECLERC, ÉDITEURS,

QUAI VOLTAIRE, 25.

ESSAI

SUR

L'ORIGINE DES ÉCRITURES INDIENNES

ET

NOTE SUR L'ORIGINE DE L'ÉCRITURE PERSE,

PAR

J. HALÉVY.

EXTRAIT DU JOURNAL ASIATIQUE

PARIS.

IMPRIMERIE NATIONALE.

M DCCC LXXXVI.

ESSAI

SUR

L'ORIGINE DES ÉCRITURES INDIENNES [1].

INTRODUCTION.

Les inscriptions du roi Piyadasi sont notoirement les plus anciennes que l'on ait découvertes jusqu'à ce jour dans l'Inde. Elles sont rédigées en deux écritures différentes dont l'une, usitée principalement dans l'Ariane et dans la Bactriane, est nommée ario-indienne, ario-palie, bactrienne ou arienne; l'autre, répandue surout dans l'Inde propre, est appelée indo-palie ou simplement indienne. Le génie de Prinsep a réussi à déchiffrer l'une et l'autre de ces écritures et, depuis lors, la science paléographique de l'Inde n'a pas cessé de progresser et de s'affermir. On connaît aujourd'hui presque toute la série des transformations que l'alphabet indien de Piyadasi a parcourues pour produire l'alphabet sanscrit moderne ou dévanagari, ainsi que les autres alphabets, très nombreux, qui sont en usage chez les diverses populations de la péninsule gangétique et des pays environnants, influencés par le brahmanisme ou par le

[1] Ce mémoire est accompagné de deux planches.

buddhisme. Mais, tandis que, à partir de Piyadasi, la paléographie indienne abonde en faits et en renseignements importants, elle rencontre un vide absolu et des plus regrettables aussitôt qu'elle essaie de remonter à l'origine des écritures employées par ce prince et d'en rechercher le lien avec les autres systèmes graphiques du monde oriental. Abandonnée par l'histoire et lancée à travers l'atmosphère crépusculaire qu'on nomme époque védique ou antébrahmanique, l'imagination des savants, qui les premiers s'étaient occupés de la question d'origine, avait dépassé toutes les bornes en affirmant que l'écriture indienne était la source de celle de la Grèce et de tous les autres alphabets analogues. Plus tard, des opinions plus sensées se sont produites de divers côtés et l'on a commencé à soupçonner que l'origine du dévanagari était, au contraire, dans certains alphabets de l'Occident; mais à l'exception de M. Albrecht Weber, dont l'opinion sera discutée plus loin, on n'a fait aucun effort pour sortir du domaine de la conjecture et du sentiment personnel. Aujourd'hui même, c'est-à-dire vingt-sept ans après la vigoureuse tentative de M. Weber, il y a encore des savants qui, repoussant l'idée que l'écriture indienne ait pu être empruntée à un peuple étranger, aiment mieux faire les efforts les plus incroyables dans le but de conserver aux Indiens la gloire d'avoir inventé une écriture nationale. L'écriture arienne seule est généralement considérée comme venant d'un alphabet sémitique, mais là encore on n'a jamais tenté d'en préciser la source. Ces circonstances étant données, je crois utile de faire une nouvelle tentative dans cette voie, afin d'attirer l'attention des savants sur un problème longtemps délaissé et qui mérite certainement toute leur sollicitude. Je crois aussi que, dans une question si éminemment paléographique, ce sont les principes de paléographie seuls qui doivent avoir voix au chapitre et que les considérations de mythologie et de littérature doivent être reléguées à l'arrière-plan. Au fait, il ne s'agit pas de décider si les Indiens étaient capables de se créer une écriture, mais de déterminer si l'écriture dont ils se servent au moins depuis Piyadasi se rattache ou ne se rattache pas à l'une des écritures de l'Asie antérieure et, dans le cas affirmatif, quelle est cette écriture. Voilà le point de vue auquel j'ai cru nécessaire de me placer dans le présent mémoire dont les idées essentielles ont été exposées, il y a trois ans, dans la séance annuelle de la Société asiatique. La question me semble avoir suffisamment mûri à l'heure qu'il est. Le *Corpus inscriptionum indicarum* publié par M. Cunningham et complété par le travail magistral de M. Senart sur les textes de Piyadasi, où les faits d'orthographe et de phonétique sont lumineusement expliqués, fournit désormais à l'étude des écritures indiennes une base aussi vaste que solide. D'autre part, grâce à la publication du *Corpus inscriptionum semiticarum* et aux travaux de MM. Renan, de Vogüé, Jules Euting, Lenormant et autres sur les diverses branches de l'épigraphie sémitique, la paléographie de l'Asie occidentale a atteint une solidité et une précision inconnues à nos prédécesseurs. Toutes ces circonstances favorables m'ont permis de laisser parler les faits par eux-mêmes et d'écarter tous les arguments qui reposent sur des appréciations personnelles.

Les problèmes dont nous allons chercher la solution seront donc les suivants :

Pour l'écriture du nord-ouest, ario-palie ou arienne, dont les allures sémitiques sont évidentes, nous tâcherons de trouver l'écriture qui lui a servi de type et d'expliquer, en même temps, les faits de vocalisation qui, au premier aspect, lui donnent une physionomie non sémitique.

En ce qui concerne l'écriture du sud-est, indo-palie ou proprement indienne, notre tâche sera plus compliquée. Après avoir indiqué sommairement les traits généraux et énuméré les diverses opinions qu'on a émises sur son origine, nous aurons à en étudier le rapport avec l'alphabet du nord-ouest. Le rapport mutuel fixé et les éléments communs précisés, nous montrerons lequel des deux a emprunté à l'autre. Ceci établi, nous aurons à rechercher l'origine des éléments qui semblent particuliers à l'alphabet indien. Tous ces résultats combinés nous fourniront enfin des moyens sûrs pour fixer la limite supérieure de la date que la formation de cet alphabet ne saura plus dépasser.

PREMIÈRE PARTIE.

L'ALPHABET DU NORD-OUEST ARIO-INDIEN OU ARIEN.

I.

Le caractère exotique de cet alphabet n'a jamais fait l'objet d'un doute; son origine sémitique et tout particulièrement araméenne a aussi été supposée par quelques-uns; seulement personne n'a jamais tenté d'en donner une démonstration méthodique. Comme la plupart des alphabets sémitiques, l'alphabet arien se dirige de droite à gauche et plusieurs de ses lettres rappellent des formes sémitiques communes, mais très réduites et cursives. Les voyelles initiales ont toujours pour support la gutturale presque insensible qui répond à l'*aleph* sémitique et à l'esprit doux des Grecs. À ce fond de sémitisme évident, l'écriture arienne joint une particularité qui lui est propre. C'est le procédé de superposer les unes aux autres les lettres de la même syllabe, principalement les lettres initiales; quand la syllabe se termine par une voyelle, on suspend aux consonnes le trait linéaire qui représente cette dernière. La superposition des lettres apparaît plus tard dans quelques écritures sémitiques d'un caractère cursif, comme l'arabe et l'hébreu populaire, mais on n'en connaît pas d'exemple dans l'écriture araméenne.

De prime abord, la manière d'indiquer les voyelles au moyen de petits traits accrochés aux consonnes

semble quelque peu singulière ; quand on regarde
de près, on ne tarde pas à s'apercevoir qu'elle ne
constitue pas en réalité un procédé différent de
celui qui est usité dans les autres écritures sémitiques
pour marquer la prononciation vocalique. Je ne parle
pas, bien entendu, des points-voyelles qui s'emploient en hébreu, en syriaque et en arabe pour
préciser la vocalisation des lettres-consonnes. D'une
part, ces points-voyelles sont d'invention trop récente pour entrer en ligne de comparaison avec les
signes-voyelles ariens ; d'autre part, ils constituent
des additions purement extérieures et n'affectent pas
les consonnes afférentes. Je ne parle pas non plus
de la ponctuation éthiopienne, où les voyelles se
joignent inséparablement aux consonnes, au point
d'en modifier parfois les formes primitives. La comparaison de la ponctuation éthiopienne n'a pour
notre étude qu'un intérêt purement psychologi-
que en tant qu'elle prouve que l'idée de former de
la consonne et de la voyelle, c'est-à-dire de la syllabe, une unité graphique indivisible, peut naître
indépendamment chez des peuples tout à fait différents. Le procédé sémitique par excellence auquel je
fais allusion est celui qui consiste à employer les
consonnes faibles y et w pour indiquer, l'une les
voyelles i et e, l'autre les voyelles u et o. Cette façon
de marquer les voyelles, notamment les voyelles
longues, rare chez les Phéniciens, plus fréquente
dans l'ancien hébreu et dans l'orthographe moabite,
est devenue systématique dans l'orthographe des

peuples araméens. C'est elle qui constitue sans aucun doute le point de départ de la vocalisation des écritures ario-indiennes. Je ferai voir tout à l'heure que l'imitation a été aussi stricte que possible et que les traits minuscules qui représentent les voyelles dans ces écritures ne sont au fond autre chose que de légères modifications des consonnes *y* et *v*.

Le fait que toute lettre ario-indienne privée d'appendice vocalique se prononce invariablement avec la voyelle *a* revient aussi dans l'écriture éthiopienne et est dû, dans un cas comme dans l'autre, à la même cause, savoir à l'incapacité des écritures sémitiques de marquer dans le corps du mot la voyelle *a* par une lettre faible particulière comme c'est le cas pour les autres voyelles. Le manque même de tout indice vocalique suffit parfaitement pour annoncer au lecteur la présence de l'*a*, voyelle unique qui ne possède pas de *mater lectionis*. Voilà la cause naturelle du phénomène qui a conduit quelques savants à présumer une connexion entre la vocalisation indienne et la vocalisation éthiopienne. Ce parallélisme dans le mode de vocalisation chez les peuples éloignés montre aussi combien il serait inexact d'attribuer, par exemple, l'unité indivisible de la syllabe, dans les écritures ario-indiennes, à une sorte d'instinct philologique, grâce auquel les scribes indiens se seraient doutés que, dans les langues aryennes, la voyelle fait partie intégrante de la racine. La ponctuation éthiopienne est là pour prouver qu'on arrive au même résultat sans la moindre notion linguistique et en parlant une langue dans laquelle les voyelles n'ont qu'un caractère adventice. Il faut plutôt y voir le résultat indépendant d'un besoin identique, à savoir le besoin de distinguer les lettres qui fonctionnent en qualité de voyelles de ces mêmes lettres ayant la puissance pleine de consonnes. Les premières ont été de plus en plus rapprochées de leurs consonnes afférentes, au point que, réduites à l'état de petits traits et d'appendices, elles semblent avoir perdu toute existence isolée. Tout cela sera démontré en détail dans la suite de ce mémoire.

II.

L'alphabet araméen qui a servi de modèle à l'écriture indienne du nord-ouest, ou arienne, est un alphabet de transition et de forme cursive. Sa physionomie générale rappelle l'écriture des papyrus araméens d'Égypte, pendant que quelques formes partielles flottent entre celles des monnaies de Cilicie et celles de l'alphabet palmyrénien. L'apparition de formes que l'on ne constate que tout au plus un siècle avant l'ère vulgaire, c'est-à-dire environ cent cinquante ans après Piyadasi, ne doit pas étonner outre mesure, l'expérience ayant souvent démontré qu'en fait de paléographie, il y a des modifications anciennes qui ne deviennent fréquentes que beaucoup plus tard et peuvent ainsi échapper longtemps à l'observation. Sur ce point, comme sur beaucoup d'autres, l'argument *a silentio* est le pire des argu-

ments. Ce fait a néanmoins un intérêt capital pour
la localisation géographique de l'alphabet emprunté
par les populations ario-indiennes. Il nous fournit la
preuve tangible que cet alphabet n'a pas son origine
dans la Mésopotamie, comme on serait tenté de le supposer de prime abord, mais dans la Syrie moyenne
et occidentale. Le caractère araméen des poids assy-
riens appartient à un type antérieur qui ne permet
aucune comparaison avec les formes constitutives des
écritures indiennes en question.

Comme toute écriture sémitique, l'alphabet araméen se compose de vingt-deux lettres, toutes consonnes. Conformément au principe que nous avons
exposé devant l'Académie en 1873, à propos de l'écriture phénicienne, et que nous avons vérifié à plusieurs reprises sur d'autres écritures, un alphabet ne
passe jamais intégralement d'un peuple à un autre.
En général, le peuple emprunteur n'adopte de l'alphabet exotique que les lettres qui expriment les sons
qui se trouvent dans la langue qu'il parle. Toutes les
autres, qui expriment des sons étrangers à sa langue,
sont repoussées du nouvel alphabet et finissent par
se perdre. Dans le cas actuel, les Ario-Indiens n'ont
pu accepter de l'alphabet araméen que les lettres
suivantes : *aleph, bét, gimel, dalet, wâw, thét, yod, kaph,
lamed, mem, noun, samek, pé, résch, schin, tâw;* en
tout seize consonnes, dont la plus faible est l'*aleph*
qui équivaut à l'esprit doux de l'écriture grecque.
Les cinq lettres *zaïn, hét, ʿaïn, çade, qoph,* qui représentent des sons inconnus aux idiomes indiens,

n'ont naturellement pas trouvé place dans l'alphabet arien. Une lettre araméenne enfin, le *hé*, a été repoussée par une cause non pas phonétique, mais purement graphique, savoir parce que sa forme est identique avec celle du *schin* du nouvel alphabet. Cette circonstance a obligé les scribes ariens à créer la lettre *ha* au moyen du procédé de dérivation qui sera expliqué quand nous traiterons des lettres dérivées.

III.

Après ces préliminaires nous pouvons aborder l'exposé détaillé des éléments constitutifs de l'alphabet ario-indien.

A. Les lettres primitives [1].

Aleph. La forme de l'aleph arien, ꙡ, est presque aussi réduite que celle de l'aleph syriaque (ܐ). Elle consiste en un trait vertical replié au sommet et tourné à gauche. Cette forme rappelle l'aleph le plus cursif du papyrus Blacas et presque l'aleph palmyrénien, sans le petit trait de droite. Ce petit trait manque déjà dans l'aleph du papyrus de Turin; il se peut néanmoins qu'il ait été éliminé dans le but de rendre possible l'adjonction de la voyelle *e* qui a précisément la forme d'un petit soubresaut oblique surgissant à la partie supérieure droite de la lettre.

Bét. Le *b* arien, ꙮ, coïncide entièrement avec le *bét* du papyrus du Louvre; le pli inférieur a été un peu raccourci.

---

[1] Pl. I, A, 1-16. L'astérisque marque les formes théoriques de transition, non constatées dans l'usage.

A

	Araméen	Arien
1	aleph	', a
2	bêt	b
3	gimel	ğ, j
4	dalet	d
5	wâw	v
6	thêt	th
7	yod	y
8	kaph	k
9	lamed	l
10	mem	m
11	noûn	n
12	samek	ç
13	pê	p
14	rêsch	r
15	schîn	sh
16	tâw	t

B

1 — h
2 g, gh — ch
3 d — dh
4 th, d, dh — t, ṭ
5 k — kh
6 n — ñ
7 p — ph, bh
8 sh — s

C

yañ

or

D

vo ; vu

vi ; ve

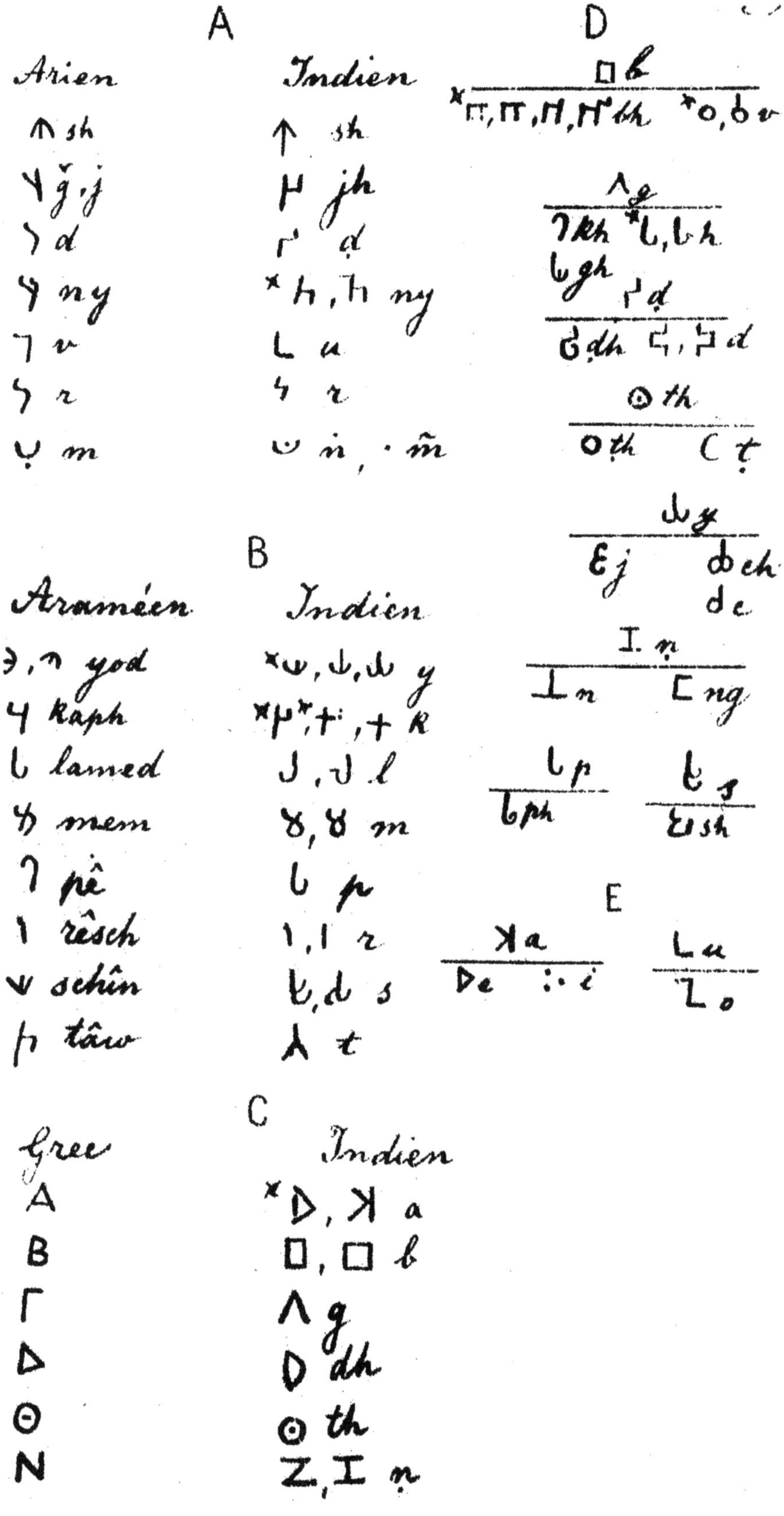

A

Arien — Indien

Arien	Indien
↑ sh	↑ sh
γ ǧ, j	H jh
ľ d	ľ d
γ ny	×h, ñ ny
٦ v	L u
γ r	ч r
ψ m	ω n, · m̃

B

Araméen — Indien

Araméen	Indien
∋, ᴎ yod	×ω, ⅃, ⅏ y
Ꮞ kaph	×ρ, ×+, + k
Ⴑ lamed	⅃, ᴦ l
Ꮞ mem	४, ४ m
ך pê	Ⴑ p
� rêsch	�, ᐧ r
Ⴟ schîn	४, ⅆ s
ρ tâw	⅄ t

C

Gree(c) — Indien

Grec	Indien
Λ	×Ɗ, Ϟ a
B	▯, ☐ b
Γ	Λ g
Δ	Ɗ dh
Θ	⊙ th
N	Z, Ⅰ n

D

☐ b	
×π, π, Π, Π bh	×o, b v
Λ g	
⅂ kh	×Ⴑ, Ⴑ h
Ⴑ gh	ᴦ ḍ
♂ dh	ᴺ, ᴺ d
⊙ th	
⊙ th	⊂ ṭ
↲ y	
Ɛ j	↺ ch
	ɗ c
I ṇ	
I n	⊏ ng
Ⴑ p	ᵬ s
Ⴑ ph	Ⴄ sh

E

Ϟ a		Ⴑ u	
Ɗ e	∴ i	⅃ o	

Gimel. Le *dj* arien, **Y**, rappelle distinctement le *g* nabatéen, sauf que le trait de gauche est plus relevé. Cette forme se constate déjà sur des sceaux araméens du troisième siècle avant l'ère vulgaire.

Dalet. Le *d* arien, **ϡ**, conserve fidèlement la forme du *dalet* du papyrus Blacas et de celui de Turin. Sa position oblique ainsi que l'effacement des saillies dans sa partie supérieure, témoignent d'un relâchement considérable dans la tradition graphique.

Wâw. La forme arienne de la lettre *v*, **ᒣ**, est au contraire plus substantielle que le *wâw* des papyrus qui a presque perdu la petite barre supérieure. Cette forme se constate à la fois sur les monnaies de Cilicie et dans l'inscription du Sérapéum, monuments séparés l'un de l'autre par un intervalle de trois siècles.

Thêt. C'est la première forme du *thêt* dans le papyrus du Vatican qui coïncide le mieux avec le *th* **Ϙ** arien, sauf cette petite différence que les lignes de l'angle droit se prolongent au dehors, la ligne horizontale très peu, la verticale beaucoup plus, au point de former une haste.

Yod. Les papyrus montrent plusieurs variantes, d'ailleurs très légères, de cette lettre. Deux d'entre elles ont dû être connues des scribes ario-indiens. La première, qui ressemble a un petit *schin* renversé, conserve encore quelque trace de la forme phénicienne et se rencontre dans le papyrus du Vatican et dans le papyrus Blacas. La seconde, ayant tout à fait perdu le soubresaut du milieu, revêt la forme d'un angle ouvert ⋀. Cette dernière forme, usitée tout particulièrement dans le papyrus de Turin, coïncide très exactement avec le *y* arien. Nous démontrerons plus loin que la première forme, relativement moins usée, a passé dans l'alphabet indien.

Kaph. Cette lettre a été introduite dans l'alphabet arien sous la forme qui est commune aux papyrus d'Égypte, Ꮞ; mais les scribes ariens ont dû la renverser, ⵁ, afin d'en empêcher la confusion avec la lettre *dj* Ꙗ, qui a une forme analogue. Le trait supérieur a été ajouté afin de rendre aisée la suspension des voyelles, de là la forme Ꝥ.

Lamed. Le *l* arien, Ꞁ, est la copie du *lamed* araméen, ⵏ, renversé et tourné à droite. On a évité la confusion avec l'*a* (Ꞁ) en prolongeant la partie supérieure de la hampe à la naissance du petit demi-cercle. Le *l*, Ꞁ, se distingue de l'*e*, Ꞁ, en ce que, dans cette dernière lettre, le soubresaut est poussé à gauche.

Mem. Le type du *m* est celui qui figure sur le papyrus Blacas : Ꝃ; mais la lettre a été couchée sur le dos, ainsi : ⵚ. La ligne oblique qui traverse la paroi droite a été transportée tout d'abord sur le bout gauche ⌣; puis elle a été séparément adjointe au-dessous de la lettre ⌣, où elle n'a pas tardé à se réduire à un point où à disparaître complètement. Toutes ces variantes se constatent dans l'inscription de Piyadasi, et leur identité a été pour la première fois reconnue par M. Senart. Sans les formes plus complètes il eût été presque impossible de deviner le type de cette lettre.

Noûn. Le *n* arien, ʃ, ne diffère en quoi que ce soit du *noûn* des papyrus.

Samek. Le *ç* palatal arien, ⊓, est le *samek* le plus usé des papyrus, ⊐ mais il a été couché sur les jambages.

Pé. Le *pé* araméen, ך, coïncide avec l'*aleph* arien. On a évité la confusion en retournant la lettre type et en en relevant la hampe, ainsi : ₽. Une modification analogue a été opérée dans le même but sur le *lamed* araméen.

Résch. Dans le papyrus du Vatican, le *résch* se présente tantôt sous une forme ondulée qui le rapproche beaucoup du *noûn*, ʃ, tantôt sous celle d'un trait légèrement incliné. L'une et l'autre de ces formes ont dû être en usage dans l'alphabet modèle des écritures ario-indiennes. Le *r* arien a conservé la forme ondulée qu'il rend, en exagérant quelque peu le tracé des angles, ainsi : ך, circonstance qui fait qu'on a peine à le distinguer de la lettre *t*. On verra plus loin que la seconde forme a été accueillie dans l'alphabet indien.

Schin. Le *sh* cérébral arien calque strictement le *schin* des papyrus, surtout celui du papyrus de Berlin, où le trait moyen est fixé sur l'angle. Cette lettre type a été renversée par les scribes ariens, évidemment dans le but de la distinguer de la syllabe ɰ *me*.

Tâw. Les formes de cette lettre sont peu variées dans les papyrus araméens. Le *t* arien, ⅂, en vient, sans aucun doute, sauf qu'il a perdu la partie de la hampe qui est au-dessous du crochet. L'abandon de cette partie essentielle de la lettre a pour but d'éviter la confusion avec le *k* ʜ primitif; mais cette mutilation a eu dès lors pour conséquence la possibilité de le confondre avec la lettre *r* ⅂, laquelle est toutefois plus anguleuse. Ajoutons que la forme primitive et intacte du *tâw* araméen a dû persister pendant quelque temps puisqu'elle a été introduite dans l'alphabet indien.

L'analyse qui précède nous permet d'établir la statistique paléographique suivante, qui présente exactement le procédé que les scribes ariens ont mis en œuvre en empruntant à l'écriture araméenne les éléments fondamentaux de leur écriture.

L'alphabet arien primitif a emprunté à l'alphabet araméen :

1° Huit lettres n'ayant subi aucune modification : *aleph, bét, gimel, dalet, wâw, yod, noûn, résch;*

2° Une lettre dont les lignes formant angle ont été prolongées : *thét;*

3° Une lettre diminuée d'un trait : *tâw;*

4° Une lettre retournée et augmentée d'un petit trait : *pé;*

5° Deux lettres renversées : *samek* et *schin;*

6° Deux lettres renversées et augmentées d'un petit trait : *kaph* et *lamed ;*

7° Une lettre renversée et finalement diminuée d'un petit trait : *mêm*.

Somme toute, seize lettres consonnes dont la valeur phonétique est identique en araméen et en arien. L'emploi du *gimel* pour exprimer le son *dj* ne forme point une exception, mais un fait de phonétique générale, puisqu'on le rencontre aussi chez les Sémites eux-mêmes, notamment chez les Arabes qui, sauf en Égypte, prononcent *dj* ou *j* au lieu de *g*.

B. Les lettres dérivées [1]

Les seize lettres empruntées à l'alphabet araméen étant insuffisantes pour rendre les nombreuses consonnes de leur idiome, les scribes ariens ont dû songer dès le début à en combler les lacunes. Ils atteignirent leur but par ce moyen aussi simple qu'universel qui consiste à modifier légèrement les lettres fondamentales ou à y ajouter des traits diacritiques. Les lettres dérivées peuvent elles-mêmes être l'objet de modifications analogues en vue de produire de nouvelles lettres.

Les modifications opérées sur les lettres ariennes dans le but de compléter l'alphabet sont les suivantes :

L'esprit doux ou *aleph* ၇, augmenté d'une petite ligne à droite de sa base ဂ, exprime la gutturale douce *h*.

---

[1] Pl. I, B, 1-8.

Le *dj* écrit d'un seul trait, en commençant par l'appendice à gauche, donne la gutturale sonore *g*. Augmenté d'un petit trait oblique à droite, au-dessous de l'angle, il donne naissance à la palatale sourde *c*, où les formes angulaires se sont adoucies en demi-cercle. Ces lettres dérivées produisent chacune à leur tour une lettre nouvelle, savoir : le *g*, augmenté d'un crochet à droite, forme le *gh* aspiré, tandis que le *c*, sous sa forme primitive, prolonge vers la droite son trait horizontal et produit ainsi le *ch* aspiré, dont l'angle supérieur a été également adouci en demi cercle.

Le *d* se dédouble pour former le *dh* aspiré.

Le *th* laisse tomber sa ligne supérieure pour produire la cérébrale sonore *ḍ*, où la petite ligne à droite de la forme primitive a aussi été éliminée. La nouvelle lettre se modifie ensuite de deux façons différentes. En premier lieu, elle abandonne à la fois les deux traits verticaux de sa partie supérieure, pour donner naissance à la cérébrale sonore aspirée *ḍh*. En second lieu, elle conserve le trait vertical de droite et, en prenant la forme d'une croix, produit la cérébrale sourde aspirée *ṭh*[1]. Cette dernière, enfin, fait descendre la partie droite de la ligne horizontale au-dessous du niveau de la moitié gauche, pour marquer la cérébrale sourde simple *ṭ*.

La forme primitive de *k*, c'est-à-dire *k*, perd la

[1] Le prolongement vers la droite du trait horizontal des lettres *dh* et *ṭh*, a pour but d'en faire éviter la confusion avec *v* et *dj*.

partie inférieure de sa haste et donne naissance au ५ *kh* aspiré. Il se distingue des lettres analogues ⟩ *t*, ⟩ et ⟩ *r*, par la longueur de sa partie supérieure.

Le ⟨ *n* dental donne naissance aux deux autres *n* que possède l'alphabet arien. Le *n* cérébral ⟨, noté *ṇ*, ne diffère de son type qu'en tant que son sommet est arrondi vers la droite. Le *n* palatal ⟨, noté *ñ* ou *ny*, est dû, au contraire, au dédoublement du petit crochet qui en forme le sommet. Le crochet additionnel, placé au-dessous du premier et dans une position oblique, est naturellement le plus grand. Le *n* guttural, correspondant au sanscrit ङ *ng*, ne s'est pas rencontrée dans l'inscription de Capurdigiri.

Le ᛛ *p* sourd produit les labiales aspirées *ph* et *bh* : la première, en prolongeant la ligne horizontale vers la gauche : ᛛ; la seconde, en surmontant cette dernière lettre d'une ligne horizontale : ᛯ.

Enfin, le ᛘ *sh* cérébral devient le type du *s* dental ᚦ. On a obtenu cette forme en redressant le crochet de telle sorte que l'angle en est placé à droite. La ligne verticale un peu prolongée dans un sens plus ou moins oblique forme ainsi la base d'une sorte de triangle. Dans les monuments plus récents, cette base tend à disparaître, et il n'en reste que la partie inférieure, ᚦ.

En tout, seize lettres nouvelles, dérivées comme il suit :

1° Par une légère modification de forme : ᛁ *g* et ⟨ *ṇ* :

2° Par un changement de position : **𐨿** *s* et **𐨿** *l*;

3° Par redoublement : **𐨿** *ḍh* et **𐨿** *ñ*;

4° Par l'augmentation d'un trait : **𐨿** *h*, **𐨿** *c*, **𐨿** *ch*, **𐨿** *ṭh*, **𐨿** *ph*, **𐨿** *bh*;

5° Par l'augmentation d'un crochet : **𐨿**;

6° Par diminution de traits : **𐨿** *ḍ*, **𐨿** *ḍh*, **𐨿** *kh*.

Au point de vue de la filiation, ces lettres dérivées se divisent en quatre catégories qui sont les suivantes :

1° Formes primaires, qui viennent immédiatement des lettres fondamentales; ce sont dans l'ordre alphabétique des types : **𐨿** *h*, **𐨿** *g*, **𐨿** *c*, **𐨿** *dh*, **𐨿** *ḍ*, **𐨿** *kh*, **𐨿** *ṇ*, **𐨿** *ñ*, **𐨿** *ph*, **𐨿** *s*;

2° Formes secondaires, ayant pour source les dérivées primaires : **𐨿** *gh*, **𐨿** *ch*, **𐨿** *ḍh*;

3° Formes tertiaires qui viennent de formes de dérivation secondaire : **𐨿** *ṭh*, **𐨿** *bh*;

4° Forme quaternaire qui est puisée à une forme tertiaire : **𐨿** *l*.

C. Consonnes combinées [1].

Quand la syllabe se compose de deux ou trois consonnes mues par une seule voyelle, comme par exemple *bra* ou *bar*, *stra* ou *star*, ces consonnes forment alors une sorte de ligature graphique qui donne lieu à des abréviations plus ou moins considérables dans la forme des consonnes qui suivent la première. Celle-ci reste généralement intacte. L'examen de l'inscription de Capurdigiri permet de formuler à ce sujet les règles suivantes :

[1] Pl. I, C.

1° Les consonnes combinées se superposent l'une à l'autre sans subir d'autre modification, si ce n'est que la consonne souscrite est d'ordinaire quelque peu rapetissée, afin de ne pas trop dépasser la hauteur des autres lettres. Ainsi dans les combinaisons *khs* et *st* les lettres initiales ꩜, ꩜ sont superposées aux lettres finales ꩜ *s* et ꩜ *t*.

2° Le ꩜ *m* souscrit faisant fonction d'anusvâra, prend en général la forme d'un angle obtus; exemples : ꩜ *nam̃*, composé de ꩜ *n* et de ꩜ *m*; ꩜ *gam̃*, composé de de ꩜ *g* et ꩜ *m*; ꩜ *ram̃*, composé de ꩜ *r* et de ꩜ *m*. Quand il se combine avec ꩜ *y*, il perd toute sa partie inférieure et ne conserve que ses deux sommets, ainsi ꩜ *yam̃*. Placé au-dessous d'un autre ꩜ *m*, il s'abrège en un petit trait rond : ꩜ *mam̃*.

3° Le ꩜ *r*, combiné avec une autre consonne, perd toute sa tige et ne conserve que son trait horizontal qui surgit du pied de la consonne supérieure, à droite, ainsi par exemple ꩜ *sr* pour ꩜꩜; ꩜ *pr* pour ꩜꩜; ꩜ *dhr* pour ꩜꩜.

4° Le procédé de la superposition des lettres combinées ensemble n'est pas mis en œuvre pour la syllabe *rva*. Dans cette combinaison, le ꩜ *v*, au lieu de s'accrocher au pied du ꩜ *r*, se place à sa droite, mais si près que son trait supérieur en traverse la tige, ainsi ꩜. Cette combinaison a évidemment pour but de prévenir les confusions possibles entre le ꩜ *v* et les autres consonnes de forme analogue.

D. Les voyelles [1].

Les écritures sémitiques anciennes ne pouvaient marquer les voyelles que d'une manière très imparfaite au moyen des lettres faibles, dites *matres lectionis*. L'alphabet araméen se sert à cet effet des lettres *wâw* et *yod*; la première marque à la fois les voyelles *i* et *e*; la seconde, les voyelles *o* et *u*. La voyelle *a* n'est point marquée. Cet usage a été adopté par les scribes ariens qui sont, en outre, parvenus à fixer la prononciation vocalique en mettant en pratique le même procédé de modification dont ils se sont servis pour différencier les consonnes. Ils sont partis de ce principe simple que la combinaison d'une consonne avec une lettre-voyelle ne diffère en rien de toute autre combinaison de consonnes, sauf que la voyelle est encore plus intimement liée à la consonne qu'elle meut et qui serait inexprimable sans elle. Tout le système de vocalisation arienne repose sur ce principe, ainsi que le prouvent les détails qui suivent :

1. La lettre faible *wâw*. On a vu, il y a un instant, que le ٦ *v*, en se combinant par exemple avec ٦ *r*, se place à droite de celui-ci : ainsi ٦ٮ. Cette combinaison aurait pu marquer au besoin aussi bien *rv* que *ro*, puisque le *v* araméen est indifféremment consonne ou voyelle; mais grâce au degré supérieur d'unité subsistant entre la consonne et sa voyelle motrice, le *v*, réduit à la forme d'un petit angle, a

[1] Pl. I, D.

été suspendu au sommet du ⸠ *r*, de façon à faire coïncider les parties supérieures et à ne laisser voir que la petite tige : ainsi ⸠ *ro* pour ⸠⸠.

La voyelle *u* est encore la même que le *v* consonne ; mais afin d'établir une distinction entre les voyelles, on l'a d'abord renversé : ainsi *J* ; puis on l'a fait coïncider avec la tige de la lettre précédente, de sorte qu'il n'en reste que le trait horizontal : ainsi ⸠ *ru* pour *J⸠*. La distribution des valeurs vocaliques *o* et *u* entre les deux formes réduites de *v*, est un simple fait d'option et n'est pas le résultat d'une considération physiologique.

2. La lettre faible *yod*. Le ∧ *y*, fonctionnant comme voyelle, est également accroché à la lettre suivante, mais son côté droit est entièrement éliminé, simplification analogue à celle que nous avons déjà signalée à propos du ⸠ *r* souscrit ; ainsi : ⸠ *'i*, ⸠ *çi*, ⸠ *pi*.

Pour marquer la voyelle *e*, les scribes ariens ont simplement retranché la moitié inférieure de l'*i*, ainsi : ⸠ *'e*, ⸠ *ge*, ⸠ *the*, ⸠ *le*, ⸠ *he*. L'attribution de la valeur *i* à la ligne entière et de la valeur *e* à la ligne raccourcie, est encore un fait de convention, et il serait oiseux d'en vouloir donner la raison.

Au point de vue de la filiation, les voyelles *i*, *o*, *u* sont de formation primaire ; la voyelle *e* seule est de formation de second degré.

E. La voyelle a.

Avec l'introduction des quatre voyelles *e*, *i*, *o*, *u*, les scribes ariens ont épuisé les ressources que l'al-

phabet araméen leur avait fournies, et le nouvel alphabet avait déjà sur son modèle cet avantage que,
la notation vocalique étant devenue de rigueur et la
voyelle faisant désormais partie intégrante de la consonne, il fixait d'une façon permanente et en toute
clarté la prononciation des mots. Quant à une notation spéciale de la voyelle *a*, pour laquelle l'alphabet
sémitique n'a pas fourni de signe particulier, il était
superflu de s'en préoccuper, puisque cette voyelle
était suffisamment indiquée par l'absence même de
tout autre indice vocalique. C'est ainsi que s'établit
l'habitude de prononcer avec *a* toutes les lettres
ariennes de forme simple, mais sans que, pour cela,
cette voyelle y fût inhérente, ainsi qu'on serait tenté de
l'imaginer au premier aspect. *L'aleph* lui-même conserve toujours son caractère de consonne qu'il a dans
les écritures sémitiques et, conformément à l'esprit
de ces écritures, toute voyelle initiale de l'alphabet
arien doit avoir l'aleph pour support, ainsi : ꜧ *a*, ꜧ *i*,
ꜧ *e*, ꜧ *o*, ꜧ *u*. Enfin, en ce qui concerne la distinction entre les voyelles longues et les voyelles
brèves, l'alphabet arien ne semble pas avoir fait de
sérieuses tentatives pour y parvenir; c'est à son descendant direct, l'alphabet indien, que l'honneur a
été réservé d'introduire cette amélioration impor-
tante et de former ainsi, au point de vue phonétique,
l'alphabet le plus parfait du monde.

CONCLUSION.

CARACTÈRE GÉNÉRAL ET ÂGE DE L'ALPHABET ARIEN.

Il suffit de jeter un coup d'œil sur les faits paléographiques qui viennent d'être exposés pour se convaincre que, malgré certaines apparences contraires,
l'alphabet arien demeure foncièrement sémitique et
araméen, aussi bien par la forme matérielle de ses
consonnes primitives que par le mécanisme et l'esprit de sa vocalisation. Si le cadre ancien a été considérablement élargi et l'équivoque de la prononciation remplacée par une ordonnance fixe, d'une
netteté considérable, cela a été exécuté d'une façon
naturelle et par le seul principe de l'analogie. Représenter les sons analogues par des formes analogues,
voilà ce qui constitue le procédé fécond que les
scribes ariens ont mis en œuvre pour adapter l'alphabet araméen à l'expression adéquate de leur
langue. Il n'y a pas trace de connaissance linguistique
ou grammaticale dans la méthode au moyen de laquelle ils ont créé les lettres supplémentaires. La
moindre notion réfléchie de la phonétique aryenne les
aurait empêchés de faire dériver, par exemple, ⁊ *h*
de ⁊ *aleph*, ⴷ *bh* de ⴼ *ph*, et ⵟ *g* de ⵉ *dj*. Les
études grammaticales n'existaient donc pas dans l'A-
riane au moment où l'alphabet y fut introduit. D'autre
part, l'élargissement de l'alphabet araméen par les
nombreuses lettres dérivées n'a pas l'air d'être le résultat d'un perfectionnement lent et successif, car
on n'imagine guère qu'on ait pu écrire une phrase

pràcrite avec le seul secours des seize lettres primitives ; ç'aurait été absolument indéchiffrable. On peut
dire la même chose au sujet de la vocalisation qui a
du être parachevée en même temps que le système
des consonnes. Tout tend donc à nous faire présumer que l'alphabet arien a été composé presque d'un
seul trait et sous l'empire d'une nécessité soudaine,
qui rendait très désirable au peuple arien la possession d'une écriture nationale. Mais la création presque instantanée d'une écriture est habituellement
déterminée par un événement extraordinaire qui en
fait sentir l'urgence. Or, étant historiquement prouvé,
d'une part, que l'écriture cunéiforme perse était res-
tée en usage jusqu'à Darius Codoman, le dernier des
Achéménides ; de l'autre, que les Achéménides n'ont
fait de l'araméen la langue officielle de leur chancel-
lerie que dans les provinces occidentales de leur empire, il en résulte avec une entière certitude que l'a-
raméen n'a pu pénétrer et se répandre dans l'Ariane
qu'après la chute de cette dynastie et depuis la formation de l'empire d'Alexandre. Avec la domination
macédonienne, l'usage de l'écriture cunéiforme cessa
tout d'un coup à Suse et en Perse. La barrière tom-
bée, l'écriture araméenne pénétra dans la haute Asie,
avec les fonctionnaires occidentaux que les conqué-
rants grecs entraînaient à leur suite. Le besoin d'avoir
une écriture nationale s'était fait alors vivement sentir, car l'administration grecque, excessivement pa-
perassière, exigeait que les actes publics fussent
rédigés soit en grec, soit dans la langue du pays,

quelquefois dans les deux langues ensemble. Nous avons, à ce sujet, un exemple très instructif dans ce qui s'est passé en Égypte sous le régime des Ptolémées. Jamais l'usage de l'écriture populaire ou démotique n'a été plus général, jamais le métier de scribe n'a été aussi estimé et aussi bien rémunéré. Tous les actes qui réclamaient une certaine publicité, surtout ceux qui devaient être présentés devant l'autorité, n'étaient valables que lorsqu'ils étaient rédigés en grec ou en égyptien. Il est à présumer que la politique macédonienne a eu, dans les provinces asiatiques, les mêmes conséquences pour l'inauguration d'une littérature nationale parmi les populations qui n'en n'avaient pas jusqu'alors. Ces inductions historiques sont de tout point confirmées par les faits paléographiques exposés plus haut dans les détails les plus minutieux. L'analyse de l'alphabet arien montre qu'une seule de ses lettres se rattache aux légendes des monnaies de Cilicie, frappées par le satrape Mazaïos (350-336[1]), mais que toutes les autres, et je fais abstraction de quelques formes encore plus récentes, coïncident exactement avec les lettres araméennes des papyrus ptolémaïques. La création de l'alphabet en question est donc tout au plus contemporaine de l'installation de gouverneurs macédoniens dans l'Ariane après la mort de Darius Codoman, vers 330 avant Jésus-Christ.

---

[1] Je ne parle que des monnaies qui portent en caractères araméens la légende מזדי *Mazdaï* = Mazaïos. Voir l'excellente étude de M. J. P. Six, intitulée *Le satrape Mazaïos*, p. 52.

DEUXIÈME PARTIE.

L'ALPHABET INDIEN.

C'est celui dans lequel sont gravées toutes les inscriptions de Piyadasi trouvées dans l'Inde propre, ainsi que les légendes monétaires de Pantaléon et d'Agathoclès, qui ont régné au delà de l'Indus. Contrairement à l'écriture arienne, l'écriture indienne se dirige de gauche à droite et a un aspect monumental, étant composée de traits droits et de cercles. Cet alphabet se distingue encore de l'alphabet de l'ouest par une vocalisation plus parfaite qui marque les voyelles longues. Cependant la façon dont les voyelles sont indiquées est commune aux deux alphabets : ce sont toujours de petits traits accrochés aux consonnes, lesquelles, étant isolées, se prononcent aussi avec la voyelle *a*, tout comme les consonnes ariennes. Les voyelles initiales, sauf deux, ont, au contraire, des formes distinctes et ne sont pas chargées d'appendices vocaliques, comme c'est le cas de l'autre alphabet. Outre le système de vocalisation, les deux alphabets ont encore en commun la lettre ⋔ *sh* et plusieurs autres qu'on n'a pas jusqu'ici reconnues. Il en résulte que l'un a fait des emprunts à l'autre, mais il faut décider lequel des deux est l'aîné et le plus original.

La question relative à l'origine de l'alphabet indien a été diversement résolue; mais, à l'exception de M. Albrecht Weber, personne n'a essayé d'établir son opinion sur une sérieuse étude de paléographie

comparée. **Nous allons passer brièvement en revue
les principales hypothèses émises à ce sujet et nous
ne nous arrêterons avec quelque insistance que sur
la tentative de M. Weber** qui, bien qu'inadmissible
au fond, a fait plus que toutes les autres pour l'avancement de la solution.

1. Origine indienne.

Prinsep, l'ingénieux déchiffreur des inscriptions
de Piyadasi, tint pour positif que cet alphabet était
un produit du génie indien. Il affirma même que
l'alphabet grec n'était que du dévanagari renversé.
Inutile de dire que cette thèse est démentie par l'histoire de la paléographie gréco-phénicienne, qu'on
peut suivre sans interruption depuis le ix° siècle avant
l'ère vulgaire. Lassen soutint également l'origine indienne du dévanagari tout en niant qu'il y eût la
moindre parenté entre ce dernier et l'alphabet grec.
La même thèse a été tout récemment défendue par
trois indianistes anglais : MM. Dowson, M. Thomas
et A. Cunningham. Les deux premiers savants n'apportent en faveur de leur opinion que des réflexions
abstraites et cet aveu singulier de vouloir contrecarrer la tendance que montrent certains érudits à méconnaître l'originalité et la haute antiquité de la civilisation indienne. M. Cunningham voit l'origine
des lettres nagari dans des images hiéroglyphiques
dont plusieurs se rencontreraient aussi dans les hiéroglyphes égyptiens et dans les cunéiformes archaïques
des Accadiens. Ainsi, par exemple, l'image de deux

pieds en attitude de marche aurait formé la lettre *g*
parce que *ga* est la racine sanscrite qui signifie « mar-
cher ». Pareillement, la lettre *kh* aurait pour hiéroglyphe primitif une bêche parce que *khan* signifie
« creuser »; *ga* représentant une cavité viendrait de
gagan « voute céleste » ou de *gupha*, *guha* « cave »; *ya*
serait la *yoni* ou bien viendrait de *ya*, *yava* « orge »;
cha dériverait de *chatra* « parapluie » et ainsi de suite.
Un pareil système est si commode qu'on pourrait
l'appliquer au premier alphabet venu, qui deviendrait
ainsi la production spontanée du peuple chez lequel
il se trouve, malgré la protestation de l'histoire et
du bon sens. Mais M. Cunningham préfère les Indiens et il les gratifie d'un alphabet national. La
science n'a rien à voir aux flatteries plus ou moins
intéressées qu'on distribue à telle ou telle race hu-
maine; mais ce qui est plus curieux, c'est que l'absence de tout monument à hiéroglyphes, dans l'Inde,
inquiète cependant M. Cunningham. Pour écarter
cette objection qu'il qualifie lui-même de « formi-
dable », il ne produit qu'un seul monument, savoir
un sceau trouvé à Harapa dans le Pendjâb et portant
la légende *Lachmiya*. Malheureusement, tous ceux
qui ne sont pas aussi complaisants que l'auteur n'y
voient ni bêche, ni parapluie, ni n'importe quel autre
hiéroglyphe. La légende est d'ailleurs indistincte et
la forme des lettres lisibles est sans aucun doute plus
récente que celle des inscriptions de Piyadasi.

2. **Origine dravidienne.**

Cette origine est supposée par M. E. Thomas. D'après lui, les Aryens n'ont jamais inventé un alphabet pour leur idiome, mais ils ont toujours emprunté l'écriture et la civilisation des peuples au milieu desquels ils s'établirent après leur migration. Le dévanagari a été introduit chez les Dravidiens de l'Inde méridionale par des envahisseurs scythiques qui avaient précédé les Aryens védiques. L'écriture, inventée en principe pour exprimer une langue tourano-dravidienne, fut adaptée plus tard à l'expression de la langue sanscrite. Cet auteur attribue le progrès réalisé par la grammaire et la littérature sanscrites à l'alphabet du nord, que les envahisseurs aryens de l'Inde auraient tiré d'un type phénicien très archaïque et répandu rapidement par l'usage commode de l'écorce du bouleau.

M. Burnell, dont la mort récente est une perte irréparable pour la paléographie indienne du sud, n'eut pas de peine à démontrer la fragilité de cette théorie. L'origine dravidienne du dévanagari, dit-il avec raison, serait seulement possible à la condition que l'alphabet spécial du sud, le vatteluttu, en fût le prototype. Celui-ci, étant notoirement une expression imparfaite du système phonétique des langues dravidiennes, ne peut pas être une création indigène, mais un emprunt fait à un autre peuple. Une autre difficulté, également insurmontable, est l'absence de toute trace, dans l'Inde méridionale, d'une écriture antérieure au vatteluṭṭu. Tous les monuments écrits, que l'on connaît jusqu'à ce jour, attestent l'invasion successive, dans le sud, de brahmanes et de bouddhistes apportant avec eux des alphabets plus parfaits, qui s'établissent à côté du vatteluṭṭu et finissent par le supplanter. Il est surtout digne de remarque que ce dernier alphabet n'a jamais possédé des signes particuliers pour exprimer les lettres sonores *g*, *d*, *b*, etc., ce qui aurait dû exister si la théorie de M. Thomas était exacte. Nous n'y ajoutons qu'un seul mot, c'est que l'idée émise par M. Thomas sur l'origine phénicienne de l'alphabet arien est tout aussi imaginaire que sa théorie dravidienne. L'origine araméenne de l'écriture du nordouest, entrevue par MM. Weber et Burnell, est désormais un fait incontestable.

3. Origine himyaritique.

Les traits communs aux alphabets éthiopico-himyaritique et indien, comme la direction de gauche à droite, la notation des voyelles, l'inhérence de la voyelle *a*, et surtout la forme matérielle de plusieurs lettres, avaient déjà fait supposer à sir W. Jones (*Asiatic Review*, t. III, 4) que l'écriture éthiopienne s'était développée sous l'influence indienne. Cette opinion, adoptée en partie par M. Lepsius, a été fortement combattue par Kopp, qui ramena les similitudes en question à l'origine sémitique commune des deux alphabets. Rödiger, Gesenius et M. Alb. Weber se sont ralliés à cette opinion. L'idée que l'ancien éthiopien ou himyaritique ait été la source de l'écriture indienne, est défendue par M. François Lenormant, dans son grand ouvrage sur la propagation de l'alphabet phénicien. Ces écritures formeraient selon lui le tronc indo-homérite, caractérisé par l'apparition d'un nouveau principe, la notation des sons vocaux au moyen d'appendices conventionnels qui s'attachent à la figure de la consonne et en modifient quelquefois assez notablement la forme. M. Lenormant n'a pas encore donné la démonstration de sa thèse[1]; mais, en attendant, on ne conçoit guère la possibilité de rapprocher deux systèmes de notation si différents qui sont séparés l'un de l'autre par un intervalle d'au moins sept siècles; car la vocalisation éthiopienne n'est, en aucun cas, antérieure au IV° siècle après Jésus-Christ. On a vu dans la première partie de cette étude que les appendices vocaux ariens, si intimement liés aux appendices indiens, loin d'être conventionnels, représentent en réalité des *matres lectionis* plus ou moins réduites. Quant à la prétendue inhérence de la voyelle *a* à la consonne, dans la vocalisation indienne, on a vu plus haut que c'est une illusion : la vérité est que cette voyelle n'est pas notée du tout, et cela, par cette raison péremptoire, que, dans l'alphabet qui lui servait de modèle, l'alphabet araméen, la voyelle *a* n'avait pas de *mater*

---

[1] Au moment où j'écrivais ce mémoire (en 1883), la science n'avait pas encore perdu M. Lenormant. La thèse du savant regretté reprise et développée par M. J. Taylor dans son ouvrage intitulé *Alphabet*.

lectionis particulière. Enfin, la ressemblance entre les écritures himyaritique et indienne se borne, en réalité, aux trois lettres suivantes : ☐ *b*, ⅂ *g*, ⅃ *l*, lettres qui, la première exceptée, sont en même temps phéniciennes. J'ai à peine besoin d'ajouter que la direction de gauche à droite de l'écriture indienne ne peut être attribuée à une influence himyaritique, attendu que, d'une part, l'écriture himyaritique commence toujours par se diriger de droite à gauche et ne permet la direction inverse que dans les lignes paires ou boustrophédon; d'autre part, la direction de gauche à droite de l'écriture éthiopienne elle-même est un fait relativement moderne et a été réalisé sous l'influence du grec.

4. Origine cunéiforme.

Nous enregistrons pour mémoire la thèse que M. Deecke a tenté de soutenir dans le *Journal asiatique* de l'Allemagne et qui est le pendant d'une autre thèse du même auteur sur l'alphabet phénicien. Selon M. Deecke, les écritures sémitiques se composeraient de deux alphabets, l'alphabet phénicien au nord, l'alphabet himyaritique au sud. Ces deux alphabets dériveraient parallèlement des cunéiformes cursifs de Ninive. L'écriture indienne viendrait également, quoique d'une façon indépendante, de la même espèce de cunéiformes ninivites. Le défaut de méthode ainsi que l'inexactitude matérielle de la plupart de ses comparaisons est tellement évident, que nous croyons pouvoir nous dispenser de discuter cette thèse, malgré l'autorité du recueil où elle a été publiée.

5. Origine grecque.

Prinsep avait annoncé que quinze lettres dévanagari ressemblaient à autant de lettres grecques renversées et en avait conclu que l'alphabet grec venait de l'Inde. Ces similitudes servirent d'argument à Ottfried Müller pour tirer la conclusion contraire. Si la parenté, dit-il, du vieux nagari avec l'écriture grecque est assez étroite pour qu'on ne puisse l'expliquer par une dérivation commune du phénicien, on est forcément amené à conclure que ce sont les Grecs qui ont apporté cet alphabet aux Indiens, et que, par conséquent, l'écriture divine des Brahmanes n'est pas antérieure à Alexandre. L'argumentation était irréprochable, mais comme le fond de la comparaison était singulièrement exagéré et qu'en outre elle ne rendait pas compte de la notation vocale, cette conjecture fut bientôt écartée comme nulle et non avenue.

6. Origine gréco-phénicienne.

M. Cunningham mentionne cette opinion comme ayant été émise par le docteur J. Wilson, de Bombay. J'ignore si ce savant a fait une tentative sérieuse pour démontrer sa thèse. En tout cas, elle doit s'appuyer sur d'autres considérations que celles qui ont pour base l'épigraphie, attendu que la juxtaposition d'éléments grecs et d'éléments phéniciens dans l'Inde constitue un singulier anachronisme. Nous pouvons

donc laisser cette hypothèse de côté sans chercher à
en connaître les détails.

7. Origine phénicienne.

Nous arrivons enfin à la dissertation de M. Alb.
Weber, la seule étude vraiment scientifique qu'on ait
jamais consacrée à l'écriture indienne. M. Weber
cherche l'origine du dévanagari dans l'alphabet phénicien, et dans ce but il compare, en premier lieu, les
caractères phéniciens d'après la table de Gesenius,
en second lieu et subsidiairement, les alphabets italo-
grecs et himyaritiques. Le résultat qu'il obtient est
que les vingt-deux consonnes phéniciennes sont toutes
passées dans l'alphabet indien; les autres consonnes,
propres à celui-ci, au nombre de dix, ainsi que les
signes de l'anusvâra et du visarga, dérivent des lettres
primaires au moyen de légères modifications. Cette
formation s'applique aussi à la voyelle initiale *i* qui
vient de *e*. Il va sans dire que M. Weber ne néglige
rien pour établir chaque détail de son énoncé sur
des comparaisons nombreuses et bien choisies; nous
le reconnaissons hautement. Cependant, malgré la
valeur incontestable de la démonstration du savant
indianiste, nous ne saurions aucunement nous ral-
lier à ses conclusions. C'est que, au moment où il a
écrit son mémoire, la paléographie sémitique était à
peine née et que, par suite, bien des choses qui pa-
raissaient possibles et même probables alors, dispa-
raissent aujourd'hui devant les connaissances plus
exactes auxquelles nous ont initiés les monuments

originaux découverts depuis lors dans diverses contrées du monde sémitique.

Le vice capital des comparaisons dont il s'agit consiste en ce que les lettres phéniciennes qui leur servent de base appartiennent à différentes époques et à différentes régions. Ainsi, par exemple, les lettres qui figurent sur la première colonne de la table de M. Weber réunissent pêle-mêle des formes propres aux inscriptions de Chypre, de Grèce, de Carthage, voire des formes néo-puniques qui ne se rencontrent pas en dehors de la Numidie. Ce double défaut est encore plus sensible dans le rapprochement des écritures gréco-italiotes et himyaritique, si différentes d'âge et de génie. Et cependant, l'alphabet introduit dans l'Inde ne peut venir des quatre coins du monde à la fois, ni se composer de fragments appartenant à tous les âges. Il y a plus : malgré la latitude qu'une diversité pareille de formes offre à la comparaison, il reste assez de lettres dont toutes les complaisances imaginables ne sauraient retrouver les types phéniciens; ce sont les lettres ℵ *a*, ℸ *d*, ঀ *v*, Ɛ *j*, ✝ *k*, ঌ *s*, | *r*, ↑ *sh*, c'est-à-dire plus du tiers de l'alphabet.

En second lieu, la comparaison réciproque de lettres puisées à deux alphabets différents n'aboutit à un résultat solide qu'à la condition que la similitude de forme soit accompagnée de la similitude de puissance phonétique. Il paraît inimaginable que les lettres qui passent d'un alphabet à un autre expriment dans la nouvelle écriture autre chose que leurs

sons natifs ou des sons rapprochés. Aussi voyons-
nous, par exemple, les nombreux alphabets euro-
péens, dérivés soit du grec soit du latin, conserver presque sans modification la valeur des lettres
de l'alphabet modèle; pareillement, pour citer un
exemple d'une écriture orientale, les lettres coptes
ч, ж, б, з, transférées en arménien sous la forme
ʋ, ж, ʒ, ϛ, gardent à peu près leur prononciation na-
tive. Dans la table de M. Weber cette condition essentielle est souvent perdue de vue; on y voit identifiés
le *he* (palmyrénien) avec l'*a*, le *zaïn* avec le Ɛ *j*, le
het avec le ɗ *c*, le *'aïn* avec le Ⅾ *c*, le *çade* avec le
Ϧ *jh*. Encore moins est-il possible d'admettre que
le Ϧ *jh* renversé soit devenu le Ꮏ *ny* palatal. En un
mot, les comparaisons que nous discutons se bornent
en partie à la forme extérieure des signes et, par conséquent, elles sont très insuffisantes pour trancher la
question d'origine.

Mais voici un nouveau fait digne de remarque.
Quand on défalque les huit lettres *a*, *d*, *v*, *k*, *s*, *r*, *sh*,
à cause de leur dissimilitude matérielle, et les quatre
lettres *j*, *c*, *c*, *jh*, comme entachées de dissimilitude
phonétique, il reste encore dans la table de M. Weber
dix lettres, savoir *g*, *d*, *u*, *th*, *y*, *l*, *m*, *n*, *p*, qui coïncident passablement dans l'alphabet indien et dans
divers alphabets phéniciens de l'époque gréco-ro-
maine. Pour la thèse indo-phénicienne, ce résultat,
quelque incomplet qu'il soit, aurait encore un cer-
in poids. Malheureusement, à l'époque gréco-ro-

maine, le phénicien est partout remplacé par les écritures araméennes et ne se conserve que dans la Phénicie propre et dans les colonies de l'ouest. Pour admettre des influences phéniciennes sur l'Inde, il faudrait remonter à l'époque de la prospérité coloniale de la Phénicie, à l'âge de Salomon et à la navigation de la mer Rouge par les flottes hébréo-phéniciennes; or, si l'on prend comme base de comparaison l'alphabet du roi Mêscha' ou celui des anciennes patères de Chypre, qui ne sont pas très éloignés de ladite époque, les similitudes de forme entre les lettres phéniciennes et indiennes diminuent au lieu d'augmenter. En phénicien archaïque, les lettres *wâw*, *yod*, *mem*, *tâw*, figurées respectivement ⟨, ⟩, ⟨, ⟩, ou +, ne ressemblent plus en rien aux formes indiennes ٦ (L), ⊥, ४, λ, de sorte que les similitudes réelles, et encore non sans quelque effort, se réduiraient à trois lettres seulement, savoir, aux lettres ∧ *gimel*, ⊿ *dalet*, ⊕ *thêt*, que rappellent les formes indiennes ∧ *g*, ◗ *dh*, ⊙ *th*. Mais comment admettre sans difficulté que ces trois lettres seulement aient été tirées par exception d'un alphabet éloigné, tandis que toutes les autres ont été empruntées à une source voisine et araméenne! Cette considération suffirait déjà pour faire sentir la nécessité d'une autre explication; toutefois, afin de donner plus de solidité à notre démonstration, nous continuerons, jusqu'à ce que nous ayons produit la preuve contraire, à regarder les trois lettres en question comme des caractères en apparence phéniciens.

Avant d'aller plus loin, il sera bon de résumer les résultats sommaires qui ressortent des considérations qui précèdent.

1° L'alphabet indien ne contient que trois lettres de forme analogue au phénicien;

2° Il contient au contraire un nombre considérable de caractères purement araméens;

3° Quelques lettres, en petit nombre, revêtent des formes encore inexpliquées;

4° Toutes les autres ont été produites au moyen de différenciation et de dérivation postérieure.

RAPPORT MUTUEL DES ALPHABETS DE PIYADASI.

Ayant écarté les hypothèses de nos devanciers, nous allons démontrer la solution que nous proposons nous-même, solution qui rattache le gros de l'alphabet indien à un type araméen plus ou moins transformé. Comme l'écriture araméenne n'a pu être introduite dans l'Inde que par la voie de terre et à travers l'Ariane, on se convainc bientôt que le type en question ne peut être autre que celui-là même qui fait le fond de l'alphabet arien. Mais pour déterminer lequel de ces alphabets est le plus ancien et lequel a emprunté à l'autre, il n'y a que deux moyens efficaces: d'abord analyser dans les détails les plus minutieux les éléments communs; puis établir dans lequel des deux la notation précise des consonnes et des voyelles montre le plus de suite ou s'explique le plus facilement.

Les éléments communs aux deux alphabets.

Jusqu'à présent on croyait que la lettre ↑ seule était commune aux deux alphabets. Un examen attentif y ajoute les quatre lettres suivantes : Ⱶ *jh*, ↱ *ḍ*, ↳ *ñ*, ⌐ *u*. La forme du Ⱶ *jh* indien rappelle distinctement celle du Ⲩ *j* arien ; les valeurs phonétiques de ces lettres sont tellement rapprochées qu'il est impossible de les séparer l'une de l'autre. Une identité presque complète de forme et de prononciation réunit également le ↱ *ḍ* cérébral indien au Ɣ *d* palatal arien. Le ↳ *ñ* indien n'est visiblement que le Ꙗ *ñ* arien renversé et mieux équilibré. Enfin, il est difficile de nier que le ⌐ *u* indien soit identique avec le Ꞁ *v* arien renversé. La circonstance que, dans l'un de ces alphabets, cette lettre fonctionne comme voyelle et dans l'autre comme consonne, n'en saurait faire méconnaître l'identité primitive, une double fonction analogue étant aussi dévolue à l'V latin et au *wâw* sémitique.

Outre ces cinq lettres, dont l'une sert de voyelle initiale, les deux alphabets, ainsi qu'il est dit plus haut, ont cela de commun que la notation des voyelles, dans l'intérieur des mots, est réalisée au moyen de petits traits accrochés aux consonnes. Sans parvenir à une identité parfaite, la parenté mutuelle est trop étroite pour qu'on puisse l'attribuer au hasard. Dans l'une comme dans l'autre de ces écritures, le même trait marque les voyelles *o* et *u*, suivant qu'il est suspendu à l'apice ou au pied de la lettre. Semblablement, le trait de la voyelle *e* a son siège dans la partie supérieure de la consonne. La seule différence notable consiste en ceci, que la barre de l'*i* indien ne traverse pas son support, comme le fait l'écriture arienne, et est ainsi réduite à la forme d'un petit trait surmontant toujours la consonne, absolument comme la première moitié de l'*i* arien. Pour la voyelle *a*, les deux alphabets sont de nouveau d'accord à ne la noter par aucune marque extérieure, mais à la sous-entendre chaque fois que la consonne ne porte pas de trait vocalique. Il y a enfin un dernier accord fort remarquable entre les écritures que nous étudions, en ce qui concerne l'habitude de réunir deux consonnes ensemble en les superposant l'une à l'autre. Exemples : arien ⟨ *dhra*, ⟩ *rva;* indien, ⟨ *kya*, ⟨ *sta*, etc.

En un mot, la parenté des deux alphabets se révèle d'une manière évidente dans les traits communs que voici :

1° La possession des caractères qui expriment les sons *sh, j (jh), d (ḍ), ny, u.*

2° La notation des voyelles au moyen d'appendices en forme de petits traits.

3° La superposition des lettres d'une même syllabe.

DÉMONSTRATION DE LA PRIORITÉ DE L'ALPHABET ARIEN.

Les analogies que nous venons de signaler sont trop nombreuses et trop fondamentales pour ne pas exclure toute idée de rencontre fortuite. Il est incontestable qu'elles viennent d'une source unique. Mais quelle est cette source? De prime abord on pense à l'alphabet araméen qui est le type commun des deux alphabets; mais la plus légère réflexion ne tarde pas à montrer qu'il n'en est rien. En effet, trois des quatre consonnes communes, savoir *j* (*jh*), *ḍ*, *ny*, expriment des sons particuliers aux Ario-Indiens et sont inconnues aux Araméens; elles ne peuvent donc pas être venues du dehors, mais elles doivent avoir leur source dans l'intérieur même des alphabets de cette région. Pareillement, le procédé qui consiste à suspendre les voyelles aux consonnes ou à superposer les consonnes les unes aux autres, est purement ario-indien, et ne se retrouve pas dans le type araméen. Il devient ainsi évident que les éléments précités ont été empruntés par l'un de ces alphabets à l'autre, et que le vrai problème consiste à établir auquel appartient la priorité. La question ainsi posée, la réponse n'est pas douteuse, car la priorité de l'alphabet arien, sous ce rapport, peut être démontrée par les considérations suivantes :

1° L'habitude de faire des emprunts à l'alphabet arien est chez les Indiens un fait avéré. Ainsi les chiffres indiens archaïques de quatre à neuf sont

paraît-il, formés des lettres ariennes ⌶ [1] *ch*, *p*,
ç, *s*, *ṇ*, initiales des noms de nombre respectifs
en prâcrit, tandis que rien ne témoigne jusqu'à présent que les Ariens aient emprunté quoi que ce soit
à l'alphabet indien.

2° L'emploi de la lettre ↑ est dans l'alphabet indien extrêmement flottant et soumis à de nombreuses
hésitations. M. Senart a parfaitement démontré
que le ↑ de Khalsi n'est rien de plus qu'un signe
équivalant purement et simplement à ⌀, et qu'il
exprime à titre égal la sifflante unique du prâcrit.
Nous voilà en face d'une lettre arienne bien déterminée qui passe du nord au sud, où elle forme un
doublet vague et superflu. La valeur du ↑ comme
sifflante cérébrale serait du reste tout à fait inexpli-
cable, si cette lettre venait de l'Inde au lieu de venir
immédiatement de l'alphabet arien, où elle forme
une consonne chuintante et fondamentale.

3° En ce qui concerne les quatre lettres *jh*, *d*,
ñ, *u*, leur origine arienne éclate également avec
la plus grande évidence. Déjà par leur puissance phonétique seule, elles s'annoncent comme des lettres de
formation secondaire tirées de lettres primitives exprimant des consonnes simples. Or, les lettres primitives existent effectivement dans l'écriture arienne,
soit sous leur forme araméenne comme *j*, *d*,

---

[1] Cette lettre-chiffre se trouve déjà dans le xiii° édit à Khalsi,
privée de son demi-cercle et présentant la forme d'une croix inclinée,
X, forme qui l'empêche d'être confondue avec le +, *k*.

ߖ *w*, soit sous une forme secondaire mais transparente comme le ߢ *ñ*. Dans l'alphabet indien, au contraire, lesdites lettres demeurent entièrement isolées et ne peuvent être ramenées à aucun type imaginable. Pourquoi? évidemment parce qu'elles n'y forment qu'un élément étranger introduit de toutes pièces par le hasard des emprunts dans un milieu différent.

4° Enfin, une dernière preuve, et des plus concluantes, de la priorité de l'alphabet arien, résulte de la notation des voyelles. Dans le système du nord, tout est clair et naturel. Les deux lettres faibles *y* et *w* produisent chacune deux voyelles internes apparentées : *i*, *e* et *o*, *u*, pendant que, conformément à l'esprit de l'écriture mère, les voyelles initiales ont toujours l'aleph pour support. Contrairement à cela, la vocalisation indienne, considérée en elle-même, est pleine d'obscurité et d'inconséquence. Les deux classes de voyelles qui se distinguent par leur position relative, soit en haut soit en bas de la consonne, n'ont le moindre rapport de forme, ni avec les lettres ⅃ *y* et ẟ *v* auxquelles elles devaient se rattacher, ni avec toute autre lettre qui aurait pu leur donner naissance. Les voyelles initiales montrent en apparence une agglomération de trois éléments sans cohésion entre eux, savoir ꓘ *a*, ᐅ *e*, et L *u*; car ainsi que l'a déjà vu M. Weber, les voyelles ⁛ *i* et ⅂ *o* sont formées subsidiairement des deux dernières. Un tel manque de suite et de logique montre bien que la notation vocalique de l'écriture indienne n'y est pas originale mais empruntée au système arien, où elle est en situation, conséquente et d'une clarté parfaite.

Le fait que l'alphabet indien a puisé plusieurs de ses éléments dans l'alphabet septentrional, nous met en mesure d'expliquer la genèse de deux signes indiens très importants, mais dont la forme est tellement réduite qu'on serait tenté de les considérer comme des marques arbitraires. Le premier est l'appendice ⸾ qui, surmontant les consonnes, exprime le son *r* : ⸾ *pr*, ⸾ *sr*, ⸾ *vr* ou *rv*, et qui ne saurait venir du *r* indien qui a la forme d'une ligne verticale, |. Aucun doute n'est possible : c'est bien le ⸾ *r* arien, très rapetissé, qui a été emprunté par les scribes du sud. Le second est le point qui, dans l'écriture indienne, marque l'*anusvara*, *m̃*; tout me fait croire que c'est la dernière réduction de la ligne inférieure du ⸾ *m* arien, restée seule après l'élimination du demi-cercle supérieur. On sait que, dans les légendes des monnaies, la ligne est également réduite à un point. Chose curieuse, la forme presque intacte s'en est conservée dans le signe ⸾ (*anunasika*) qui marque la nasalisation de la consonne en dévanagarî et où le point seul a été déplacé. Toutes ces considérations réunies permettent donc d'affirmer que les emprunts matériels faits par les Indiens à l'alphabet du nord comprennent en réalité sept lettres : *sh*, *j*, *d*, *ñ*, *v*, *r*, *m̃*[1]. Quant au mode de fonctionnement, il est tout entier

[1] Pl. II, A.

calqué sur celui de l'écriture septentrionale, et les innovations s'y bornent à la notation des voyelles longues.

LES ÉLÉMENTS ARAMÉENS DE L'ALPHABET INDIEN[1].

Les éléments originaires de l'alphabet du nord étant maintenant exactement définis, nous procéderons à dégager de l'écriture indienne ceux qui sont directement empruntés à l'alphabet araméen, type commun des deux systèmes graphiques de Piyadasi. Ces éléments nous sont déjà connus en partie par l'analyse que nous avons faite de l'alphabet du nord. Nous avons aussi relevé à cette occasion que, lorsque les lettres araméennes avaient deux formes, les Ario-Indiens empruntaient tantôt l'une, tantôt l'autre, suivant la convenance de leur écriture. En ce qui concerne tout particulièrement l'alphabet indien, voici les lettres qu'il a tirées de l'alphabet araméen.

Yod. Ainsi qu'il est dit plus haut, le *yod* des papyrus d'Égypte se présente sous les deux formes suivantes : ϶ et ∧. La dernière est passée sans aucune modification dans l'alphabet arien, tandis que la première a été choisie par les scribes indiens. Ceux-ci l'ont seulement couchée sur le dos et prolongé le trait du milieu, ainsi : ↓ *ya*. Certains scribes substituent au demi-cercle unique deux demi-cercles minuscules s'unissant à la base du trait moyen; de là, la forme secondaire mais très usitée ↓.

[1] Pl. II, B.

Kaf. Le ੫ *k* araméen tourné à droite, conformément à la direction de l'écriture indienne, coïncide exactement avec le ⴼ *jh.* Pour l'en distinguer, on a laissé tomber le trait de droite et prolongé le trait horizontal vers la gauche afin d'établir un équilibre. On a ainsi abouti à la forme ✝ *ka.*

Lamed. Le *lamed* araméen, Ⴑ, n'a subi aucune modification, il a été seulement tourné dans le sens de l'écriture indienne, Ⴑ, ⴑ.

Mem. La genèse du ४ *m* indien a été exactement expliquée par M. Weber. C'est le ५ *m* araméen dont les traits inférieurs ont été réunis ensemble.

Pé. La lettre araméenne ⴲ a été renversée en indien, Ⴑ, mais elle n'a été l'objet d'aucune mutilation.

Résch. La forme du *résch* araméen adoptée par les scribes indiens ressemblait à un gros trait vertical un peu tremblant. La forme indienne ⵏ n'en diffère que par une attitude plus équilibrée.

Schîn. La sifflante unique du prâcrit est copiée sur le ⵠ des papyrus, dont le trait moyen est obliquement suspendu au côté gauche. En traçant d'un trait la première moitié de la lettre ainsi : Ⴑ, et en rattachant au côté gauche le quart de cercle restant, les scribes indiens ont obtenu la forme ⴱ *s.*

Tâw. Cette lettre araméenne ⵑ, quelque peu régularisée, a donné sans modification aucune le ⴷ *t* indien.

Les huit lettres araméennes qui précèdent ont aussi été adoptées dans l'alphabet arien ; mais là, elles ont été traitées d'une manière différente, ou bien introduites sous une autre forme. Ainsi les lettres *lamed*, *schin*, *tâw* apparaissent presque intactes en indien et considérablement modifiées en arien. Semblablement, les lettres *mêm* et *pé* sont mieux conservées sous leurs formes indiennes, que sous celles de l'alphabet du nord. Pour la lettre *kaf*, les modifications qu'elle subit dans chacun de ces alphabets n'en affectent pas les mêmes parties. Enfin, les lettres *yod* et *résch* ont effectué leur introduction dans l'écriture arienne sous une forme qui n'était pas tout à fait identique avec celle qui fut choisie par les scribes indiens. Le tableau ci-dessous fera mieux voir la différence des deux procédés.

ARIEN.	ARAMÉEN.	INDIEN.
y	*yod* / *yod*	*y.*
( ) *k*	*kaf*	( ) *k.*
( ) *l*	*lamed*	*l.*
( ) *m*	*mêm*	*m.*
( ) *p*	*pé*	*p.*
r	*résch*	*r.*
sch	*schin*	*s.*
t	*tâw*	*t.*

LES ÉLÉMENTS D'APPARENCE PHÉNICIENNE.

On a vu plus haut que trois lettres rappellent dans l'alphabet indien des formes véritablement phéniciennes. En effet, entre les signes indiens $\wedge$ *g*, D *dh*, $\odot$ *th* et les caractères $\wedge$ *gimel*, $\triangleleft$ *dalet*, θ *thêt* du phénicien archaïque, la coïncidence est frappante et indéniable. Cependant, de graves et nombreuses considérations s'opposent absolument à l'identification de ces deux éléments. J'ai déjà signalé ci-dessus combien il est invraisemblable d'admettre que les Indiens aient tiré ces trois lettres d'un alphabet éloigné qui n'était usité à ce moment dans aucun des pays environnants. Ce n'est pas tout : un pareil emprunt, encore possible sinon probable dans la haute antiquité où les lettres dont ils s'agit avaient les formes que nous venons de tracer. devient tout à fait inimaginable à l'époque vers laquelle les nombreux caractères araméens dont se compose l'alphabet de l'Inde nous conduisent forcément. Or, à l'époque relativement tardive de la prédominance de l'écriture proprement araméenne, le *dalet* phénicien s'était augmenté d'une courte haste ◢ et le *thêt* avait ouvert son sommet ⊕, de telle sorte qu'ils ne ressemblaient plus aux lettres indiennes correspondantes. Il est donc matériellement impossible de rattacher ces deux écritures géographiquement séparées, dont la ressemblance réelle se borne à la seule lettre $\wedge$ *g*. D'autre part, on est également ment peu fondé

par hasard conservées, sous la forme du phénicien an-
tique, dès une époque reculée : d'abord, parce qu'une
pareille conservation fortuite d'un petit nombre de
lettres, au milieu d'une immense majorité qui porte
la trace de graves modifications, est contraire à toutes
les analogies paléographiques; puis, parce qu'un dé-
veloppement identique de l'écriture phénicienne en
Syrie et dans l'Inde est tout à fait inimaginable; enfin, parce qu'une telle hypothèse supposerait l'existence, dans l'Inde, d'une forme d'écriture antérieure
à celle de Piyadasi, existence que les recherches les
plus consciencieuses ont démentie d'une manière
absolue.

Le problème que nous discutons peut donc être
formulé comme il suit : trois lettres de l'alphabet
indo-araméen sont matériellement identiques au phénicien archaïque sans, toutefois, venir de la Phénicie; d'où viennent-elles? Mais dès que la question
est ainsi posée, elle est aussitôt résolue; on se re-
porte naturellement et sans le moindre effort à l'alphabet grec qui remplit toutes les conditions; car
d'une part, il se compose de lettres phéniciennes à
formes très archaïques, de l'autre, il était pendant
plusieurs siècles usité comme écriture officielle et sa-
vante dans toutes les anciennes provinces perses et
dans l'Inde elle-même, à côté des alphabets araméens qui formaient le gros des écritures populaires
dans ces contrées. Effectivement, le Θ *théta* grec
coïncide entièrement avec le $\odot$ *th* indien, tandis
que le Λ *g* indien correspond exactement au Γ grec

incliné; la similitude entre la lettre indienne **D** *dh*
et le **Δ** grec n'est pas moins évidente. On verra tout
à l'heure que ces lettres ne sont pas les seules que
les Indiens aient empruntées aux Grecs.

ÉLÉMENTS À FORMES OBSCURES ET ISOLÉES.

Quand on laisse de côté les lettres expliquées jusqu'ici, il reste un groupe de huit lettres *isolées* dont
les formes ne paraissent se rapporter à rien de ce qui
nous est connu dans un autre alphabet : ce sont les
consonnes **☐** *b*, **ঠ** *v*, **Ɛ** *j*, **d** *c*, **⅂** *kh*, **I** *ṇ* et les
voyelles **ℵ** *a* et **Þ** *e*. Je me réserve de traiter des deux
dernières dans le paragraphe consacré aux voyelles.
Quant aux six consonnes qui précèdent, plusieurs
d'entre elles ont une nombreuse descendance et sont
par conséquent des éléments très importants; on
se demande s'il ne faut pas les regarder comme ayant
été créées tout d'une pièce par les scribes indiens. En
réfléchissant quelque peu, on trouve pourtant cette
conjecture très improbable. En principe, l'idée d'une
invention arbitraire est exclue de la paléographie,
laquelle n'admet que les développements réguliers
d'un type antérieur, et, en effet, j'espère le démontrer
plus loin, les lettres **ঠ**, **Ɛ**, **d** et **⅂** appartiennent à
des formations de second ou de troisième degré; **☐** *b*
et **I** *ṇ* seules doivent être considérées comme primitives, la première, parce qu'elle exprime une consonne
fondamentale; la seconde, quoique représentant un
son particulièrement ario-indien, parce qu'il est im-

possible de la ramener à un type propre aux écritures de ces peuples. Ceci établi, on comprendra facilement que ces lettres problématiques doivent venir l'une et l'autre d'un même alphabet, notamment d'un des alphabets auxquels l'écriture a déjà fait d'autres emprunts. Nous repoussons donc sans plus de façons l'idée émise par quelques savants de rapprocher le ▢ *b* indien du ▢ *b* sabéen ou himyarite, bien qu'il y ait analogie parfaite, et, cela, par cette raison péremptoire, que le sabéen est impuissant à expliquer la forme du Ɪ *ṇ;* et comme les écritures araméenne et arienne sont également incapables de fournir les éclaircissements que nous cherchons, il ne nous reste qu'à nous adresser, cette fois encore, à l'alphabet grec, dont la contribution au système indien a été reconnue dans le paragraphe précédent. Arrivé là, le mot de l'énigme n'est pas difficile à découvrir, car le ▢ indien ne diffère du B grec que par l'effacement des ondulations du côté droit, fait qui, ainsi qu'on vient de le voir, s'est aussi produit en sabéen, tandis que, d'autre part, le Ɪ indien figure visiblement le N grec couché sur le dos, ⋉, dont on a redressé le trait moyen. Ici, nous avons de nouveau des preuves tangibles constatant l'introduction d'éléments helléniques dans l'alphabet indigène de l'Inde.

Nous allons maintenant résumer les résultats que nous venons d'obtenir relativement à l'origine des consonnes primaires de l'alphabet indien.

1. *Éléments araméens;* huit lettres : ⨉ *y*, ✝ *k*, ⅃ *l*, ꙮ *m*, ᒐ *p*, | *r*, ⅃ *s*, ⋏ *t*.

2. *Éléments ariens;* six lettres : Ⱶ *jh*, ⅁ *ḍ*, ⅂ *ny*, ⬆ *sh*, ↯ *r*, ˙ *m̃*.

3. *Éléments grecs;* cinq lettres : ▢ *b*, ⋀ *g*, ▷ *dh*, ⊙ *th*, ⵣ *ṇ* [1].

En tout, dix-neuf lettres fondamentales, dont les trois suivantes, Ⱶ *jh*, ⅁ *ḍ*, ⅂ *ñ*, sont de formation secondaire dans l'alphabet générateur.

LES LETTRES DÉRIVÉES [2].

Comme son prédécesseur arien, l'alphabet indien s'est complété par des formes secondaires, produites par la modification des lettres fondamentales. Ces modifications sont en général assez légères quand on compare la forme primaire à son dérivé immédiat; elles deviennent plus considérables à mesure que le degré de dérivation va en se multipliant. On peut affirmer néanmoins qu'à aucun degré l'affinité des lettres d'une même classe ne devient tout à fait méconnaissable. D'autre part, toutes les lettres primitives ne sont pas également aptes à produire de nouvelles formes ni en égale quantité. La prédilection des scribes pour certaines formes fait qu'ils ne se laissent pas toujours guider par la seule analogie de son, mais s'adressent de préférence à une lettre

[1] Pl. II, C.
[2] Pl. II, D.

qui se prête plus aisément aux différentiations. On comprendra mieux toutes ces transformations en suivant l'exposé ci-après, qui rend un compte détaillé de chacune des lettres dérivées. Les lettres primitives sont rangées dans l'ordre alphabétique.

Le ▢ *b* produit parallèlement deux caractères secondaires : ᴴ ou ᴴ *bh* et ᴅ *v*; le premier, en abandonnant la ligne inférieure; le second, en prenant une forme circulaire. Le trait qui surgit en haut des deux caractères sert de support aux appendices vocaliques et n'appartient pas au corps de ces lettres.

Le Λ *g* redresse son pied droit et arrondit son angle pour produire le ⁊ *kh* aspiré. Celui-ci, renversé, donne l'aspirée Ⴑ *h*, laquelle affecte à son bout droit un petit trait horizontal qui l'empêche d'être confondue avec le Ⴑ *p*. Enfin le Ⴑ *h* lui-même, en plantant son trait diacritique sur la base du demi-cercle, donne naissance à la gutturale aspirée Ⴑ *gh*.

Le ᴴ *ḍ* cérébral forme deux autres lettres en augmentant sa haste d'un crochet. Dans l'un de ces cas, le crochet tracé dans le sens ascendant s'arrondit en forme de spirale, ainsi : ᴅ. Dans l'autre, le crochet conserve la position descendante, ainsi : �. La première forme exprime la dentale cérébrale aspirée *ḍh*; la seconde, la dentale sonore *d*. La position retournée du ⵊ ne semble pas être primitive.

Le ☉ *th* produit une forme nouvelle. C'est celle

de la cérébrale aspirée O *ṭh*, dans laquelle le point intérieur a été omis. La moitié gauche de cette forme constitue la cérébrale sourde Ϲ *ṭ*.

Le ⅃ *y* donne naissance à deux lettres secondaires. D'une part, en s'inclinant vers la droite, il note le son Ɛ *j (dj)*, son qui s'exprime d'ailleurs très souvent, dans les inscriptions de Piyadasi, par *y*. D'autre part, en fermant ses boucles, sans changer de position, il produit le ⅃ *ch (tschh)* aspiré. Cette dernière lettre laisse tomber la boucle de droite à l'effet de figurer le *c (tsch)* simple.

Le Ⅰ *ṇ* cérébral se dédouble pour produire les nasales dentale et gutturale, ⊥ *n* et Ϲ *ṅ ;* la première en abandonnant la ligne supérieure ; la seconde, en éliminant les demi-lignes parallèles à gauche.

Le Ⅼ *p* replie son demi-cercle vers la gauche pour indiquer le *ph* aspiré.

Le *s* enfin fait remonter son demi-cercle inférieur vers la droite et obtient ainsi le *sh* palatal.

Les consonnes dérivées sont donc au nombre de seize, ainsi distribuées :

1° *Dérivation primaire :* *bh*, *v*, *kh*, *ḍh*, *d*, O *ṭh*, Ɛ *j*, *ch*, ⊥ *n*, Ϲ *ṅ*, *ph*, *sh*.

2° *Dérivation secondaire :* *h*, Ϲ *ḷ*, *c*.

3° *Dérivation tertiaire* : *gh*.

LES VOYELLES [1].

Il va sans dire que les *matres lectionis* de l'araméen n'ont pu trouver aucun emploi direct dans l'écriture indienne. Celle-ci a donc dû recourir à cet effet aux systèmes vocaliques plus fixes de ses deux autres sources : l'alphabet arien et l'alphabet grec. La vocalisation arienne avait cet immense avantage de présenter en grande partie un ensemble compact et régulier qui se prêtait facilement à une amélioration reconnue urgente, savoir à l'expression des voyelles longues. Aussi a-t-elle été empruntée en bloc en ce qui concerne le mécanisme des voyelles internes, toutes brèves, représentées par de petits traits surplombant les consonnes. En ajoutant un trait parallèle à celui de la voyelle, on a obtenu une notation très distincte des voyelles longues. Au commencement des mots, les voyelles ariennes avaient un inconvénient qui les rendait impropres à l'usage de l'écriture indienne. Ces voyelles, comme on sait, ont toutes, sans exception, un ﬧ *aleph* pour support : ﬧ *a*, ﬧ *i*, ﬧ *e*, ﬧ *o*, ﬧ *u*; or, cette lettre arienne coïncide pour la forme avec le ﬧ *kh* indien, ce qui rendait impossible de l'accueillir en qualité d'esprit doux. Cette circonstance matérielle força les scribes indiens à chercher dans les voyelles grecques l'appoint que l'alphabet arien ne pouvait leur donner. Mais le

[1] Pl. II, E.

mécanisme de la vocalisation arienne était tellement familier à leur esprit, qu'ils le transportèrent sur les nouveaux éléments dont ils allaient enrichir leur écriture. Ils remplacèrent ainsi l'*aleph* arien par l'A grec, couché sur le dos, et dont la barre moyenne, rapprochée de l'angle, fut prolongée en guise de haste, ainsi : Ϡ = Ⱶ *a*. De cette voyelle type, ils formèrent, au moyen d'une légère modification, la voyelle ▷ *e*, en faisant passer à gauche la barre verticale, et le ▷, à son tour, donna naissance à la voyelle ∴ *i*, dans laquelle les trois angles sont indiqués par autant de points. Ces formations secondaires ont été nécessitées par l'impossibilité d'admettre les voyelles grecques E, I, à cause de leur analogie avec les consonnes indiennes Ɛ *j*, | *r*. Pour la création des autres voyelles, le grec ne possédant pas de lettre simple pour *u* (*ou*), ne pouvait fournir que le seul O[1], mais cette lettre coïncide tellement avec le O *th* indien, qu'il a été impossible d'en faire usage; elle fut laissée de côté, et l'on choisit le ⅂ *v* arien. Par conséquent, la forme renversée, L, figure l'*u*, tandis que l'*o* est représenté par cette même lettre, augmentée d'un trait à gauche, ainsi : Ꞁ.

En résumé, les éléments fondamentaux de la notation des voyelles indiennes se décomposent de la manière suivante :

1° D'origine arienne : le mécanisme de la vocali-

---

[1] Les voyelles longues H et Ω n'entrent pas en ligne de compte,

sation interne, au moyen de petits appendices, la voyelle initiale **L** *u* et, indirectement, la voyelle **⅂** *o*.

2° D'origine grecque : la voyelle initiale **H** *a* et, indirectement, les voyelles **Þ** *e*, **⁝** *i*.

CONCLUSION.

CARACTÈRE GÉNÉRAL ET ÂGE DE L'ALPHABET.

Le fait d'avoir puisé à trois sources différentes les éléments dont il se compose, range l'alphabet indien dans la catégorie des écritures éclectiques, telles que le copte et l'arménien. Mais il se distingue avantageusement de celles-ci par la quantité de formes dérivées qui témoigne d'une activité considérable de la part des inventeurs. La méthode par laquelle les scribes indiens sont parvenus à développer les types qu'ils avaient empruntés aux étrangers, ne diffère guère de celle que nous avons observée dans l'alphabet arien. Ce sont toujours des formes analogues que l'on choisit pour présenter des sons analogues. Pas la moindre trace chez les inventeurs d'un système arrêté, et encore moins d'une science phonétique ou grammaticale; à moins de vouloir fermer les yeux à l'évidence, l'on peut affirmer en toute conscience que les études grammaticales n'existaient point dans l'Inde au moment où l'alphabet méridional de Piyadasi fut inventé.

car leur acceptation aurait détruit la règle fondamentale qui consiste à marquer la longueur des voyelles par un trait additionnel.

Quant à l'âge de cet alphabet, les éléments grecs qu'il renferme, attestent qu'il n'est pas antérieur à l'an 330 avant l'ère vulgaire. D'autre part, sa dépendance de l'alphabet arien prouve d'une manière certaine qu'il est également postérieur à celui-ci. De combien? La marge ne doit pas être très considérable, bien que le témoignage de Néarque, suivant lequel les Indiens écrivaient leurs lettres sur des toiles apprêtées, se rapporte vraisemblablement à l'écriture arienne qui a été en fréquent usage dans l'Inde, ainsi qu'on a pu s'en convaincre par la nature des emprunts faits par les Indiens à l'alphabet arien. On ne se trompera pas de beaucoup en affirmant que l'invention de l'écriture du nord coïncide avec le début de l'administration macédonienne en Ariane, vers 330, et que celle de l'écriture du sud date tout au plus du commencement du règne de Sandracottus ou Tschandragupta, allié de Seleucus Nicator, vers 325 avant J. C. Je parle ici des écritures exprimant des dialectes prâcrits. Pour écrire le sanscrit, l'alphabet du sud-est a dû être enrichi des caractères *ri, lr* et du *visarga*, ce qui revient à dire que le dévanagari proprement dit est postérieur à 250 avant J. C., date communément admise pour les inscriptions de Piyadasi. Il en résulte, avec une certitude presque mathématique, que le *Rig-Véda*, et, à plus forte raison, la littérature qui s'y rattache, ont été mis par écrit postérieurement à cette date. Et comme rien ne force à croire que les hymnes védiques qui forment des poésies de circonstance et dénuées de tout caractère national se soient longtemps conservés dans la tradition orale[1], on est induit à penser que la composition même de ces hymnes est également postérieure à Alexandre[2]. Une conclusion pareille, je ne me le cache pas, est de nature à indisposer plus d'un indianiste, et surtout les savants Indiens, qui se font de l'antiquité du *Véda* un point d'honneur national. Le calme ne manquera cependant pas de se rétablir, et la vérité finira par avoir raison de tous les scrupules. En tout cas, ceux qui voudront désormais voir dans le *Véda* l'empreinte d'une antiquité reculée, sans compter ceux qui le prennent pour le représentant du génie aryen en général, auront à démolir au préalable les preuves paléographiques qui établissent l'introduction postalexandrine de l'écriture dans l'Inde.

Remarque. Si la forme tremblée qu'a le *r* indien dans l'inscription de Girnar était primitive, l'appen-

---

[1] La proposition que le recueil védique n'a pas pu se faire sans écriture a été exposée depuis longtemps par plusieurs indianistes et tout particulièrement par Westergaard et M. le professeur Roth. Les savants brahmanes Rajendralal et Shyâmajî rejettent également l'idée de la transmission orale du Véda. Il me semble que dans des circonstances pareilles, on fera bien de ne pas être plus indien que les Indiens eux-mêmes.

[2] Il ne faut pas oublier que l'Inde ne possède point de système graphique antérieur aux alphabets de Piyadasi. En Perse, la situation littéraire est bien différente : l'écriture zende propre aux éditions officielles du Zendavesta, n'a été arrangée que vers la fin de l'époque sassanide, mais le livre attribué à Zoroastre existait antérieurement en écriture pehlevie.

dice ⚡ dout il a été question à la page 44, devrait être regardé comme un élément araméo-indien. Constatons toutefois que les écritures dérivées immédiatement de celle de Piyadasi : les inscriptions des caves, des Sah et des Gupta, ne connaissent que la forme droite du *r*; celle-ci semble donc être la plus ancienne dans l'Inde.

Paris, avril 1883.

NOTE

L'ORIGINE DE L'ÉCRITURE PERSE.

§ 1. Origine et formation de l'alphabet perse.

L'alphabet perse des inscriptions achéménides est la seule écriture cunéiforme qui ait été adaptée à l'expression d'une langue indo-européenne. Il fait son apparition avec Cyrus(?), le fondateur de l'empire, et atteint le maximum de son extension sous le règne de Darius Hystaspe; puis il décline graduellement sous Xerxès et ses successeurs et s'éteint finalement à la mort de Darius Codoman et à l'avènement d'Alexandre le Grand. C'est en quelque sorte un météore épigraphique ayant brillé pendant un court espace de temps et réfléchi les vicissitudes de la dynastie qui lui donna l'existence. Outre ce mérite, il a encore celui d'être le seul alphabet du monde qui ait sa source dans un système syllabique. Son alphabétisme est, à la vérité, fort imparfait et bien des traits du syllabisme originel y adhèrent encore; toutefois, le principe fondamental de l'alphabet, l'expression de la consonne séparée de la voyelle, s'y fait jour. La reconnaissance de ce principe par les scribes perses est due à une particularité de l'idiome perse qui, contrairement aux idiomes sémitiques, admet les combinaisons de deux ou trois consonnes au commencement des syllabes, circonstance qui conduit naturellement à concevoir la consonne comme une entité séparée et indépendante de la voyelle [1].

§ 2. Origine néo-babylonienne.

M. Jules Oppert a été, si je ne me trompe, le premier à proclamer l'origine néo-babylonienne de l'écriture perse. Le savant assyriologue, dont les importants travaux sur les inscriptions achéménides sont connus de tous les orientalistes, a constaté dès 1858 que l'idéogramme perse du roi, ⊏⟨|⟨ (*khsāyathiya*), qu'on avait lu *naka* n'était autre chose que la copie un peu modifiée de l'idéogramme royal babylonien ⊏⟴ (*sarru*). Vingt-sept ans plus tard, dans une note insérée dans le *Journal asiatique* (février-mars 1874, p. 238-245), M. Oppert a été en mesure d'y ajouter une série de sept autres idéogrammes perses se rattachant par leur forme aux idéogrammes correspondants en cunéiforme babylonien, et il en a tiré cette conséquence inéluctable que l'écriture perse

[1] Voir *Recherches critiques sur les origines de la civilisation babylonienne*, p. 99-101.

dérivait du système babylonien. Ce résultat n'a jamais été sérieusement contesté et il a pris place parmi les découvertes les plus remarquables de l'éminent académicien.

§ 3. Mode de formation.

Si, pour le point de départ, il y a unanimité entre les hommes compétents, l'accord n'existe plus en ce qui concerne la façon dont l'alphabet perse dérive du type babylonien. On distingue deux opinions très diverses à cet égard. M. J. Ménant avait tenté, dès le début, de rattacher les signes perses aux syllabes babyloniennes équivalentes et il est revenu à la même idée dans un travail récent sur *les langues perdues de la Perse et de l'Assyrie*, sans nouvelles preuves à l'appui. La même opinion a été défendue par M. le Dr Deecke (*Z. D. M. G.*, XXXII, 2, 1878) et M. A. H. Sayce dans la *Zeitschrift für Keilschriftforschung* (1884, p. 19-27), où la comparaison s'exerce avec plus ou moins de vraisemblance sur un grand nombre de caractères, sans parvenir toutefois à un résultat d'ensemble. A cette explication par la méthode *phonétique*, M. Oppert (*ibidem*, p. 63-64), arguant de la dissemblance matérielle entre la plus grande partie des signes dans les deux écritures, persiste dans sa première explication qu'on peut appeler la méthode *idéographique*. D'après M. Oppert, les scribes perses auraient choisi trente-six mots pour lesquels il existait des idéogrammes babyloniens et ils auraient donné à chaque idéogramme la valeur de la lettre qui commençait le mot perse correspondant. M. Oppert a réuni dans une table les trente-six idéogrammes babyloniens qui auraient fourni les trente-six signes de l'écriture perse (*Journ. as.*, *l. c.*, p. 242-243).

§ 4. Degré de vraisemblance des deux hypothèses.

Avant de se prononcer sur la valeur intrinsèque des deux explications rivales, il sera utile d'en considérer l'apparence générale et extérieure, afin d'établir laquelle des deux paraît plus vraisemblable. A cette question préliminaire, je crois que la réponse sera unanimement en faveur de la dérivation phonétique. D'abord, tous les alphabets dérivés que l'on connaît jusqu'ici empruntent à l'écriture modèle les signes phoniques; pourquoi l'alphabet perse seul ferait-il exception? Ensuite, puisqu'il s'agit, nous dit-on, d'un choix prémédité d'une quantité déterminée de mots perses et d'idéogrammes babyloniens, il faudrait du moins nous dire comment il a pu se faire. Chose curieuse, l'impraticabilité du procédé apparaît encore plus évidente dans la tâche de trouver les mots indigènes qui soient aptes à former les trente-six sons de l idiome perse. Comment les inventeurs ont-ils pu connaître le nombre exact des sons que possède leur langue? C'est précisément ce que l'homme illettré, quelque intelligent qu'il soit, ne peut jamais distinguer et, dans cette condition, le choix des mots nécessaires devient pour lui une impossibilité absolue. En ce qui concerne le choix des idéogrammes correspondants en écriture babylo-

nienne, bien qu'il soit strictement possible, ne voit-on
pas dans quel embarras il aurait jeté les scribes perses
au milieu du nombre considérable de synonymes ?
A moins de leur attribuer un parti pris extraordinaire
qui équivaudrait à l'arbitraire le plus illimité, on
ne saurait jamais expliquer comment ils ont pu ac-
complir une tâche aussi ardue. Ces réflexions seules
suffisent déjà pour faire pencher la balance en faveur
de l'explication contraire qui ne donne aucune prise
aux difficultés insurmontables que nous venons d'ex-
poser.

§ 5. Examen de la table comparative.

Quand on regarde de près la composition de la
table des comparaisons proposées par le fondateur
de l'hypothèse idéographique, on ne peut pas s'empêcher de faire les observations suivantes :

La majorité des idéogrammes qui y figurent, expriment des idées abstraites ; telles sont : souverain
(1), grand (3), puissant (8), éléments (10), édit (11),
brillant (14), cinq (15), matière (16), récompense
(21), mystère (23), parole (24), mémoire (26), paradis (27), renommée (28), bien (30), firmament (31),
éternité (32), temps de la vie (33), météore (34).

Le reste, quoique exprimant des idées concrètes,
néglige la plupart des objets qui frappent naturellement la vue et se rattache à ceux qui sont moins
remarqués. Ainsi, parmi les parties du corps hu-
main, il y a le talon (7), le cil (19), le poing (22) ;
les parties les plus importantes comme la tête, les

yeux, la bouche, les mains, les pieds, etc., font entièrement défaut. Parmi les objets naturels ou fabri-
qués, on rencontre la brique (2), le tuyau (18), le
char (29), le charbon (34), mais ni la pierre, ni un
ustensile, ni aucun des métaux. Tout cela ne manque
pas de paraître bien singulier. Quand il s'agit de
choisir des idéogrammes, on préfère d'ordinaire
ceux qui figurent les objets les plus communs et
les plus saillants.

Les mots perses de cette table sont également de
nature à provoquer de graves contestations, tantôt
au sujet de leur emploi, tantôt à cause de la signification qui leur est attribuée. Ainsi, touchant le premier point, on est étonné de trouver entre autres
l'idée de «grand» exprimée par le mot rare *uru* (3)
au lieu du mot ordinaire *vazarka* (= بزرك) et celle
de «maison» par *tacara* (9) au lieu de *hadis*. Relativement à la signification, on remarquera que *turiyo*
(10) signifie seulement « quatre » et non « quatre éléments »; que *bavana* (16) est l'« être » et non « la matière »; que *mathista* (20) « le plus grand », n'est pas
absolument identique à «chef»; que *vahista* (27)
seul ne signifie pas « paradis »; que *zaruvana* (32) est
le « temps » et non l'« éternité »; que *havana* (35) est
le « mortier » au lieu d'être le « sacrifice ». J'aurais pu
allonger cette énumération; je pense toutefois que
cela suffit pour appuyer mes remarques.

Mais le côté le plus vulnérable de la thèse que
j'examine consiste évidemment dans les valeurs as-
signées aux idéogrammes babyloniens qui corres-

pondraient aux mots perses mis en regard. La liste
qui suit fera mieux comprendre le motif de mes hésitations :

		Signification.	Au lieu de :
⠀	*ša* (1),	corde, lien,	être souverain.
⠀	*lal* (2),	baisser, suspendre,	brique.
⠀	*gir* (7),	pied,	talon.
⠀	*kar* (8),	mur, ville,	puissant.
⠀	*zu* (13),	connaissance,	texte.
⠀	*iz* (16),	bois,	matière.
⠀	*bi* (18),	vase,	tuyau.
⠀	*in* (19),	œil (?),	cil.
⠀	*di* (21),	paix,	récompense.
⠀	*zak* (22),	côté,	poing.
⠀	*ma* (23),	pays (?),	mystère.
⠀	*mu* (24),	nom,	parole.
⠀	*si*	œil, face,	mémoire.
⠀	*mar* (29),	demeure,	char.
⠀	*as* (31),	malédiction,	firmament.
⠀	*pal* (33),	transporter,	temps de la vie.
⠀	*sir* (34),	lumière,	charbon.

Si l'on ajoute à cette liste les signes à sens dou-
teux comme *sul* (3), *ur* (10), *e* (11), *x* (27), *ip* (28),
y (32), dont les figures cunéiformes sont inutiles à
reproduire, on acquiert la conviction que vingt-trois
d'entre les trente-six signes comparés doivent absolument disparaître de la table et ne peuvent avoir

contribué en rien à la création de l'alphabet perse. Des treize signes qui restent, six se trouvent dans la catégorie des mots trop cherchés ou inexactement rendus dont nous avons parlé plus haut; les sept suivants : *kak* (4) = *karta* « œuvre », *ut* (5) = *kuru* « soleil », *KV* (14) = *thukhra* « brillant », *ya* (15) = *panca* « cinq », *mis* (17) = *frâtha* « multitude », *pin* (25) = *lakhsa* « fondement », *si* (36) = *thruva* « corne », pourraient, avec un peu de bonne volonté, se prêter à l'explication que je discute, si, par malheur, le choix prémédité de ces mots par les scribes perses, désireux de représenter tous les sons de leur langue au moyen de leurs lettres initiales, n'était pas en lui-même matériellement impossible, ainsi qu'on l'a vu dans le paragraphe précédent.

L'ensemble de ces considérations nous autorise donc à conclure que l'alphabet perse ne doit pas son existence aux idéogrammes babyloniens.

§ 6. Exposé de la thèse phonétique.

Cette thèse a le double avantage de faire rentrer l'alphabet perse dans la série des phénomènes paléographiques connus par la formation d'autres alphabets dérivés et de ne laisser aucune place à l'arbitraire. En effet, pour que deux signes correspondent l'un à l'autre, il faut qu'il y ait entre eux analogie de son et analogie de forme; or, ces sortes de coïncidences sont trop rares pour que l'on puisse être embarrassé du choix à faire. L'analogie phonique est le guide le plus sûr pour découvrir le modèle babylonien. Il s'agit

naturellement de sons communs aux deux langues ;
quant aux signes perses qui expriment les sons *h*, *th*,
f, *c*, *v*, *z*, *thr*, lesquels sont inconnus à l'idiome de
la Babylonie, ils ne peuvent pas avoir été puisés dans
le système graphique de ce pays, mais doivent avoir
été ajoutés par les scribes perses. La comparaison
peut donc se restreindre à vingt-six consonnes seulement. Au sujet des rapprochements à faire, il faut
prendre en considération les trois points suivants :

1° Les signes perses employés devant *u* ne peuvent être rapprochés que de syllabes babyloniennes
se terminant par *u* ou *um*, attendu que cette voyelle
est rarement indifférente en écriture cunéiforme.

2° Les signes perses qui s'emploient devant *a*, *i*,
et ceux qui forment de vraies consonnes doivent avoir
leurs modèles soit dans les syllabes babyloniennes se
terminant par *a*, *i*, soit dans celles où la voyelle précède la consonne.

3° Les formes diverses du même signe babylonien
peuvent produire divers signes perses qui expriment
des sons analogues.

Comme on le voit, ces règles de dérivation, justi-
fiées en elles-mêmes, laissent fort peu de place à l'arbitraire ; aussi nous hâterons-nous de les mettre en
œuvre dans les investigations détaillées que nous
abordons dans la suite.

§ 7. Les transformations graphiques.

En adoptant l'écriture cunéiforme, les scribes
perses ont largement simplifié les signes qui leur ser-

vaient de modèles. L'examen du nouvel alphabet permet de formuler les règles suivantes :

1. Aucun signe perse n'a moins de deux éléments ni plus de cinq.

2. Les croix, ⊹, et les lignes géminées, ►►, sont rarement conservées. Les premières se résolvent ordinairement en ►│►, les secondes, soit en deux lignes ⊏ superposées, soit en une ligne unique ►. Le double clou vertical, ⍓, est toujours réduit à une ligne simple │.

3. Les pilons ◄, les clous obliques ◄ et les petits crochets ⟨ deviennent habituellement de grands crochets⟨.

4. Deux clous verticaux ⏁⏁ ne suivent jamais un ou plusieurs clous horizontaux et n'en tolèrent pas l'insertion. Des combinaisons telles que ►⏁⏁ ou ⊏⏁⏁; │►│, │⊏│ ou │⊏│ sont généralement écartées. Les formes uniques ⊏│ et │►│ n'ont été admises que pour éviter de graves confusions.

5. Pour obvier à la confusion des signes à forme analogue, on emploie des moyens diacritiques : déplacement des éléments constitutifs, addition ou diminution de traits, changement de traits obliques ou crochets en traits droits et de traits droits en crochets.

Tout ce mécanisme, d'ailleurs fort peu compliqué, sera mieux compris par l'analyse des signes.

§ 8. Les consonnes affectées de la voyelle *u*.

L'écriture perse possède sept signes de cette catégorie. Voici comment ils ont été formés :

⟨╢ *k(u)*. Il vient du babylonien ►╡ *ku(m)*; le clou oblique équivaut au crochet ⟨; la forme complète en est ►⟨╢, mais le clou horizontal a été éliminé, à l'effet d'éviter la confusion avec le signe ►⟨╢ *ž* (*a*, *u*).

⟨⊑ *g(u)*. Son modèle babylonien est ⫶⊏ *gu*; l'un des deux crochets, remplaçant les pilons initiaux, est omis; les petits clous obliques qui terminent le caractère sont rattachés l'un à l'autre et couchés au-dessus des clous horizontaux.

╫╡► *t(u)*. C'est une forme simplifiée du babylonien ╫╣╡ *tu*, dont le clou horizontal inférieur a été placé après les clous verticaux; le reste a été rejeté, afin de ne pas trop alourdir la forme.

⟨⊒╡ *d(u)*. Il est tiré du babylonien ►⊒╡ *du*, décomposé en trois clous horizontaux ⊒, un crochet ⟨ et un clou vertical ╡, ainsi : ⊒⟨╡; le crochet a été transporté vers la gauche afin de le bien distinguer de ⊒⟨► *m(u)*.

⟪⊏ *n(u)*. Il conserve les traits essentiels du babylonien ⟨⟩⟨╡ *nu(m)*; les lignes obliques sont couchées de niveau; le crochet de droite est transporté à gauche, et le clou vertical entièrement omis.

⊒⟨► *m(u)*. Tous les traits du babylonien ►⫶ *mu*,

savoir : ►, ◄, ◄, sont parfaitement conservés, mais disposés dans l'ordre inverse : d'abord les trois obliques couchées de niveau, ensuite le clou oblique complété en crochet, enfin le clou horizontal laissé intact. La raison de cette disposition se comprend sans difficulté. Le signe babylonien devait donner régulièrement ►◄☰, mais cette forme coïncidait par hasard avec le signe $\dot{z}(\iota)$; il a donc fallu déplacer un de ces éléments, et comme le clou horizontal ne se joint pas facilement à un autre clou horizontal, on a placé les deux premiers éléments vers la droite et de façon que le crochet s'interposât entre les clous incompatibles.

►≪ $r(u)$. La forme babylonicnne à laquelle il se rattache est ►◄|||, dont les deux petits clous ont été agrandis et placés l'un à côté de l'autre ; les trois clous verticaux ont été éliminés.

§ 9. Les consonnes affectées des voyelles u, i.

Il existe cinq signes exprimant les consonnes de cette classe ; le mode de leur formation sera compris par l'exposé ci-après :

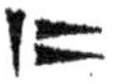

|☰ $k(a, i)$. Ce n'est pas autre chose que le babylonien ►| ka, dont le clou oblique a été mis de niveau, ce qui devait donner ☲| ; mais comme cette forme est propre au signe b, on a été obligé de transporter le clou vertical à gauche, de là |☰.

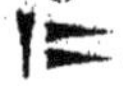

≪||► $g(a, i)$. Il a pour source le babylonien �⟩ ga, dont les scribes perses ont rejeté la moitié supérieure ;

le reste, ⸢☰⸣, a été décomposé en quatre éléments :
un clou horizontal ►, deux clous verticaux ||, et un
pilon ⸝, équivalent à un crochet ⟨; l'ensemble devait
faire ►||⟨; mais comme l'emploi de deux clous ver-
ticaux après le clou horizontal n'est pas de mise en
écriture perse, on a fait changer de place aux deux
éléments extrêmes, ainsi ⟨||►.

⸢☰|⸣ *t(a, i)*. Ce signe a été obtenu du babylonien
⸢☰⸣ *ta*, que les scribes perses ont décomposé en
⸢☰||⸣; de ce complexe, ils ont rejeté le groupe ⟩
du milieu, parce qu'il est contraire aux règles de
transformation, et ils ont redressé le ◄ restant; ce qui
donne ⸢☰|⸣. Si le clou oblique était tranformé en
crochet, ainsi ⸢☰⟩|⸣, on aurait pu le prendre pour
l'expression des deux syllabes *ba-ku*.

⸢☰⟨⸣ *n(a, i)*. La forme babylonienne ⸢☰⸣ *ni*, sui-
vant la façon perse, se décompose en ⸢☰||⸣, donnant
ainsi un groupe impossible; en éliminant un clou
vertical, on est tombé sur le signe ⸢☰|⸣ *b*; pour em-
pêcher la confusion, on a changé le clou vertical
en crochet.

⸢☰|⸣ *r(a, i)*. Il a pour modèle le babylonien
⸢☰|⸣ *ra*, qui, suivant la règle de simplification, se
décompose en ⸢☰||⸣, mais le second clou vertical
en a dû être retranché afin de le distinguer du
d (i).

►|| *m(a)*. Son modèle babylonien, ►⸢☰⸣ *ma*, a
été allégé du clou horizontal qui lui sert de base,

tandis que le petit trait horizontal du milieu a pris une position verticale.

m(i). La forme primitive de ce signe qui répond à celle du babylonien *mi*, devait être , mais comme ce dernier signe coïncidait avec l'idéogramme de « fils », on lui a adjoint un clou diacritique du côté gauche.

d(i). Il se rattache au babylonien , qui exprime la syllabe *di;* après avoir rejeté le clou oblique initial et mis de niveau le clou oblique supérieur, on a obtenu la forme inadmissible ; pour l'écarter, les scribes perses ont réuni ensemble les deux clous verticaux du côté droit.

d(a). Le signe babylonien *da*, après l'omission du petit crochet, fait , et se rencontre ainsi avec le signe précédent. Pour obvier à la confusion, on a fait remonter les lignes horizontales sur les deux verticales, puis on a retranché deux des premières, afin d'éviter les formes déjà placées, *p*, et *thr:* de cette façon, il ne reste que la forme .

<h2 style="text-align:center">§ 10. Les consonnes invariables.</h2>

La formation des signes qui appartiennent à cette classe s'effectue par le même procédé que les signes expliqués jusqu'ici.

p. Il tire son origine du babylonien *pa*, décomposé en , dont les trois clous horizontaux ont été placés sur la verticale du milieu, ; le quatrième est allé renforcer celle-ci, en prenant la position verticale; de là, la forme .

𒂦 *b*. C'est purement et simplement le babylonien 𒂦 *ba*, dont le trait horizontal du milieu a été omis. L'origine de ce signe a été reconnue dès le début des études cunéiformes.

𒂷 *l*. On y a reconnu depuis longtemps la copie du 𒇲 *la* babylonien, allégé de l'horizontale moyenne.

𒋢 *s*. Il a pour modèle le babylonien 𒋢 *su*; les scribes perses n'en ont retenu que les trois premiers éléments, et ils ont rejeté les trois autres.

𒑱 *ç*. Il se ramène encore au babylonien *su*, mais sous sa forme plus usitée, 𒑱; d'après la règle, il devait faire 𒑱, complexe réservé à *d* (*i*); pour l'en distinguer, la seconde verticale a dû être retranchée, ce qui donne 𒑱; mais comme cette forme est appropriée à la consonne *r* (*a*, *i*), on a déplacé à gauche la verticale restante; ainsi, 𒑱.

𒈨 *kh*. Son type babylonien 𒈨 *ha* est d'abord réduit suivant la règle à 𒈨; ensuite, les scribes perses ont réuni les crochets à part et les verticales à part; de là, 𒈨.

𒍝 *z*. Le 𒍝 *za* babylonien devant donner 𒈨 en perse, aurait prêté à confusion avec le chiffre 𒈨, les scribes ont dû recourir au signe de la syllabe fermée 𒊍 *az*, dont ils n'ont admis que les éléments 𒈨 ⸗ 𒈨 qui avaient l'avantage de rappeler la forme de *za*. Mais comme le signe 𒈨 est approprié à la voyelle *i*, la double ligne horizontale a été placée entre les deux verticales, d'où la forme 𒍝.

§ 11. Les signes de formation secondaire.

Pour représenter les consonnes que les Babyloniens ne possédaient pas, les scribes perses ont légèrement modifié les signes primaires qui exprimaient des sons analogues. En voici l'exposé détaillé :

Le signe $m(u)$, sous sa forme primitive ⪤, produit, en changeant le crochet en ligne verticale, le signe ⊫ $v(a, u)$; celui-ci, placé debout et diminué d'une verticale, donne le signe ⧓ $v(i)$, où les traits supérieurs s'entrecroisent afin de diminuer la hauteur de la lettre. Le fait d'assimiler l'une à l'autre les consonnes m et v se constate déjà dans le syllabaire babylonien, et les scribes perses, tout en cherchant à les différencier par la forme, en ont fidèlement admis l'analogie.

Le signe primitif du kh, ⧽, couche sur le dos ses deux verticales entre les crochets, afin de produire le ⪡ h. Le même signe primitif, diminué du dernier crochet, ⫫, exprime le son th[1]. Ce signe nouveau change à son tour sa dernière verticale en crochet, et on obtient ainsi la figure ⫫, qui rend le son f. L'analogie des sons th et f s'observe déjà dans les formes des lettres grecques Θ et Φ.

La figure primitive de z, ⫟, sépare en deux lignes sa double horizontale supérieure, et les superpose l'une à l'autre, afin de produire le signe ⊞ thr. Ce-

---

[1] On sait que le th perse devient souvent h en persan ; cela prouve l'analogie des deux sons pour l'organe perse.

lui-ci descend ensuite l'une des horizontales vers la droite, pour marquer le son ⟘ *c*.

Le signe 𐎁 *ç*, en changeant sa verticale en crochet ⟨, qu'il fait précéder d'une horizontale, afin d'empêcher de le confondre avec ⟨ *g(u)*, produit la figure ⟨ qui exprime le son *ż (i)*.

Le signe *s(u)*, enfin, donne naissance au caractère ⊀ *ż(a, u)*, en descendant la ligne supérieure et en changeant le premier crochet en une ligne droite, afin d'éviter la rencontre avec ⟨ *r(u)*. Le nouveau signe ⊀ transporte à son tour sa ligne horizontale vers la droite et produit ainsi le caractère ⊁ *y*. L'analogie des sons *y* et *ż (j)* est un fait observé dans beaucoup de langues.

§ 12. Formation des voyelles.

La langue perse ne possède que trois voyelles : *a, i, u*. Pour les exprimer, les scribes perses n'ont pu faire usage des signes babyloniens afférents, par des motifs purement graphiques. En effet, le 𐎠 *a* cunéiforme faisant nécessairement 𐎠 en écriture perse, coïncidait exactement avec le chiffre 2 ; les scribes ont recouru au signe de la syllabe aspirée *ah*. Ce signe, écrit ordinairement 𐏐, se compose du caractère *hi* et d'un élément indivisible ⊢𐏓; c'est cette dernière partie qui a été adoptée; mais la ligne transversale a été placée au-dessus des trois verticales, ce qui empêche de les confondre avec le chiffre 𐏔; de là la forme 𐎡. Les deux autres voyelles empruntent leurs figures à celle-ci, afin de se conformer à l'usage babylonien, où le signe ⟨cunéiforme⟩ *ah* se lit aussi *ih* et *uh*. En rattachant le troisième trait à la ligne supérieure, on a formé le ⟨cunéiforme⟩ *i*. Le signe pour la voyelle *u* a été obtenu en changeant la verticale de gauche en crochet, ainsi, ⟨cunéiforme⟩. Comme on le voit, les trois signes vocaux perses qui précèdent, expriment proprement les voyelles *ah*, *ih*, *uh*, et c'est seulement en faisant abstraction du *h*, qu'on a pu les employer en qualité de voyelles simples. Toutefois, l'inhérence constitutive du *h* n'a pas été perdue de vue par les scribes perses, qui s'en sont servi en mainte occasion. Ainsi, dans le nom du dieu national, Ormazd, en cunéiforme, ⟨cunéiforme⟩ ⟨cunéiforme⟩, les scribes ont certainement eu l'intention de faire épeler *Ah-u-ra-maz-dâ*, c'est-à-dire *Ahuramazdâ* et non *Auramazdâ*, comme on l'a transcrit jusqu'à ce jour. De même, le mot ⟨cunéiforme⟩ « semence, race », doit se transcrire *tauhma*, au lieu de *tauma*. En effet, le *h* de ces vocables a toujours été bien senti dans la prononciation du peuple perse; cela est prouvé : 1° par les formes modernes, هُرْمُزْد *Hormuzd*, تخم *tokhm;* 2° par les transcriptions *ex auditu* des nations contemporaines; comparez le babylonien ⟨cunéiforme⟩ *A-hu-ur-ma-az-da'*, et le grec Ἀρτοχμης = *Arya(?)tauhma*. Enfin, le nom géographique ⟨cunéiforme⟩, se transcrit, sans aucun doute, *Harauhvatis;* autrement les formes gréco-babyloniennes

Ἀραχωτία et ⟨cuneiform⟩ *Aruhatti* n'auraient jamais existé. L'espace me manque pour produire les autres exemples de ce genre qui se constatent dans les inscriptions perses.

CONCLUSION.

L'analyse qui précède met hors de doute que l'alphabet perse a sa source dans les signes phonétiques des cunéiformes néo-babyloniens. La grande majorité des caractères perses, au nombre de vingt-quatre, est de formation primaire. A ce nombre ont été ajoutés six signes de formation secondaire et six autres de formation tertiaire, ce qui parfait les trente-six signes de l'alphabet. On remarquera que le mode de dérivation est, en principe, le même que celui que nous avons signalé à propos d'autres écritures dérivées, entre autres les écritures indiennes.

La physionomie néo-babylonienne de l'écriture perse prouve que l'invention de celle-ci n'est pas antérieure à la conquête de Babylone par Cyrus, car autrement, les scribes perses auraient pris pour modèle l'écriture susienne qui était plus à leur portée. Peut-être ne date-t-elle que du commencement du règne de Darius, comme le soutient M. Sayce, qui considère l'inscription de Mourghab où le nom de Cyrus est mentionné, comme ayant été rédigée longtemps après la mort du fondateur de l'empire perse.

APPENDICE.

La preuve que les Perses faisaient réellement usage du néo-susien avant l'invention de leur écriture particulière, m'a été tout récemment fournie par l'inscription n° 7 de la planche XXV faisant partie de l'atlas qui accompagne l'ouvrage de Lajard, sur le culte de Mithra. Le cylindre, aujourd'hui au British Museum, contient un dessin grossier, représentant un cavalier coiffé d'un grand bonnet, perçant de sa lance un lion rampant. L'inscription, rédigée en néo-susien porte, d'après la révision de M. Sayce, ce qui suit :

1. *A-a-na* = *Ayana-*
2. *ak-ka*   *ka*
3. *sak Pir-*   *fils de Fr-*
4. *a-a*   *aa-*
5. *ti-is*   *tes*
6. *na*

Le caractère perse des noms propres saute aux yeux. Le groupe *phr*, *fr* est aussi rendu dans la version néo-susienne de l'inscription de Darius par le signe ⊏≬ *pir*; ainsi *Pir-ra-da* = *Frada*, *Pir-ru-var-ti-is* = *Fravartis* (Phraortes). Le nom Phraates ou Aphraates est un des plus communs chez les indigènes de la Perse ancienne.

D'autre part, l'inscription L de Bisoutoun qui n'existe plus qu'en néo-susien et dans laquelle on a cru trouver l'annonce de la publication du Zendavesta par Darius, me semble se rapporter plutôt à l'invention de l'écriture perse. Le texte vaut la peine d'être cité :

1. ❘ *Da-ri-ya-va-ù-iš* ❘ (idéogr. royal) *na-an-ri za-n-*
2. *mi-in an U-ra-mas-da-na* ❘ *à* — *dip-pi-mas*
3. *da-a-e-ik-ki hu-ud-da har-ri-ya-ma*
4. *ap-pa ša-iš-ša in-ni en-ri ku-ud-da* — *ha-tu-*
5. *at uk-ku ku-ud-da sa-meš uk-ku ku-ud-da*
6. — *hi-iš ku-ud-da e-ip-pi hu-ud-da ku-*
7. *ud-da ri-lu-ik ku-ud-da* ❘ *à ti-*
8. *ib-ba bi-ib-ra-ka mas-ni* — *dup-pi-mas am-*
9. *mak(?)-nu* ❘ *da-a-ya-ù-iš mar-ri-da ha-ti-*
10. *ma* ❘ *à din-gi-ya* ❘ *taš-šu-tum-bi sa-pi-iš*

Je traduis :

Le roi Darius dit : sous la protection d'Ahuramazdâ, j'ai fait faire ailleurs des tablettes en aryen, qui n'existaient pas auparavant. Puis j'ai fait faire de grands écrits, de grandes collections pourvues de signatures et des bibliothèques ; et (tout cela) a été écrit et je l'ai publié. Ensuite j'ai fait parvenir ces tablettes-là dans toutes les provinces et le peuple les a comprises.

Je termine par quelques remarques philologiques : *daeikki* (3) « à autre » a ici le sens de lieu : « en autre lieu, ailleurs » ; *hatuat* (4-5) est le mot assyrien *haṭṭu*, pl. *haṭṭâtu* « style, écriture, écrit » ; l'idéogramme *sumes* « corps » désigne naturellement dans ce contexte « des corps d'écrits, des collections » ; les *hi-iš* « noms » sont les signatures des ouvrages ; *e-ip-pi* est le pluriel de *e* « maison » ; il s'agit évidemment de maisons destinées à conserver les ouvrages dont il est question, c'est-à-dire des bibliothèques ; la formule *riluik kudda à tibba bibraka* répond à l'assyrien *šaṭir bâri* « écrit et publié ».

On le voit, Darius est le vrai créateur de l'écriture et de la littérature perses qu'il protégea généreusement par l'établissement de bibliothèques dans les provinces aryennes de son empire. Ainsi, la mention des annales de la Médie et de la Perse dans le livre d'Esther répond à l'état réel des choses. Pour la date des écritures indiennes, le fait de la domination presque exclusive de l'écriture cunéiforme en Babylonie, à l'avénement de Darius Hystaspe, donne bien à penser que l'écriture araméenne n'a pu pénétrer dans les provinces orientales de l'empire perse qu'après la mort de Darius Codoman.

PARIS.

MAISONNEUVE FRÈRES ET CH. LECLERC, ÉDITEURS,

QUAI VOLTAIRE, 25.

9 782019 725624